btb

Buch

Keineswegs nur mit dem Schrecken kommt eine Familie
davon, als eines Tages eine asiatisch aussehende Frau in ihrer
Waschküche steht und kein Wort redet. Woher kommt diese
Frau, niemand weiß es. Der mit der Familie befreundete
Parapsychologe ist ebenfalls ratlos, und der Ehemann sucht
vergebens eine passende Antwort in der Philosophie: »Es
gebe eine gewisse unmögliche Möglichkeit, vom Ereignis zu
sprechen«, liest er kopfschüttelnd, und ihm ergeht es, wenn
er an die schweigsame Fremde in seinem Keller denkt, wie
den anderen Figuren in Hohlers mit bewundernswerter
Lust am Erzählen geschriebenen Geschichten. Er erlebt
eine merkwürdige Rückeroberung: Eine unbekannte Welt
macht der verbrauchten Rationalität den Platz streitig –
wund von dieser (phantastischen) Welt geht ein gefährlich
schöner Sog aus.

Autor

Franz Hohler wurde 1943 in Biel, Schweiz, geboren. Er lebt
heute in Zürich und gilt als einer der bedeutendsten Erzähler
seines Landes. Franz Hohler ist mit zahlreichen Preisen
ausgezeichnet worden, zuletzt mit dem Alice-Salomon-Preis
und den Johann-Peter-Hebel-Preis.

Franz Hohler

Die Torte
und andere Erzählungen

btb

Sollte diese Publikation Links auf Webseiten Dritter enthalten, so übernehmen wir für deren Inhalte keine Haftung,da wir uns diese nicht zu eigen machen, sondern lediglich auf deren Stand zum Zeitpunkt der Erstveröffentlichung verweisen.

Verlagsgruppe Random House FSC® N001967

6. Auflage
Genehmigte Taschenbuchausgabe Juni 2006,
btb Verlag in der Verlagsgruppe Random House GmbH,
Neumarkter Str. 28, 81673 München
Copyright © 2004 by Luchterhand Literaturverlag,
in der Verlagsgruppe Random House GmbH, München
Umschlaggestaltung: Design Team München
Umschlagfoto: Foto Garbani, Locarno
Druck und Einband: GGP Media GmbH, Pößneck
KS · Herstellung: AW
Printed in Germany
ISBN 978-3-442-73451-1

www.btb-verlag.de
www.facebook.com/btbverlag

Die Torte

Wer vom Bahnhof in Locarno zur Altstadt hinuntergeht, kommt nach wenigen Schritten an einer Passage vorbei, in welcher junge Leute in farbigen Mützen und T-Shirts sitzen, vor sich Kartonschachteln mit Pommes frites und Becher mit Coca-Cola. Die metallenen Tische und Stühle sind über verschiedene Stufen verteilt, die nicht ganz zur Fast Food-Stimmung passen, und wer genauer hinsieht, merkt auch, warum. Es sind die Stufen, die zum Garten des alten Grand Hotels hinaufführen, zum Grand Hotel Locarno, das wie der Traum einer andern Zeit im Hintergrund steht, umgeben von Zypressen, Palmen und üppigen Rhododendronbüschen, mit seiner mächtigen Mittelterrasse, auf der zwischen Säulen mit Blumenschalen Figuren zu Stein erstarrt sind, als sei soeben die Tanzmusik eines Kurorchesters zu Ende gegangen.

Wollen Sie weitergehen zur Piazza Grande, oder haben Sie einen Moment Zeit, eine Geschichte zu hören, die in diesem Hotel ihren Anfang genommen hat?

Erfahren habe ich sie in einem Gebäude, das aus derselben Zeit stammt und dem Grand Hotel nicht einmal unähnlich sieht, einem Altersheim in einem der Täler hinter Locarno. Etwas bescheidener der Bau, der Mitteltrakt hinter zwei Ecktürme zurückversetzt, mit einem großen gepflästerten Platz davor, der in eine Glyzinienpergola mündet, aber oben, wo in Locarno der Name des Hotels in auswechselbaren Leuchtbuch-

5

staben prangt, steht beim Altersheim in unvergänglicher Mosaikschrift der Name des Stifters.

In dieses Altersheim führte mich letztes Jahr eine private Angelegenheit. Der Kanton Tessin hatte begonnen, die Parzellierung der unzähligen Grundstücke zu vereinfachen und den Besitzern Vorschläge zur Zusammenlegung oder zu Abtäuschen zu machen, und da ich auf einer Alp ein kleines Stück Land mit einem Stall besitze, in dem wir gerne ein paar Sommertage verbringen, kam auch an mich eine solche Anfrage, und ich beschloß, den Besitzer des Nachbargrundstücks aufzusuchen. Der lebte seit kurzem in diesem Altersheim, wir kannten uns, und er freute sich über meinen Besuch, klagte über sein abnehmendes Augenlicht und über seine Zuckerkrankheit, die ihm in die Beine fahre, so daß er kaum mehr gehen könne, kurz, über das ganze zusammenbrechende System seines Körpers, für das man auch das einfache Wort Alter benutzen kann. Er war mit dem Landabtausch, den ich ihm vorschlug, ohne weiteres einverstanden, fragte nach dem Zustand der Quelle, des Baches und der alten Kastanienbäume und erzählte mir von den Zeiten seiner Kindheit, als es im Dorf noch 600 Stück Vieh gab, von denen in unseren Tagen nicht einmal eine einzige Kuh übrig geblieben ist.

Während unseres Gesprächs lag sein Zimmernachbar regungslos, mit halb geöffnetem Mund im Bett und ließ nur von Zeit zu Zeit ein leises Stöhnen hören. Als ich ihn einmal fragte, wie es ihm gehe, reagierte er nicht.

»Er hört nichts mehr«, sagte mein Bekannter, »er

ist bald hundert, und ich glaube, er will schon lange sterben, kann aber nicht.«

Wir fuhren mit userm Gespräch fort, und ich fragte, ob es früher auch schon Wildschweine gegeben habe am Hang oben, da hob sein Bettnachbar den Kopf und sagte: »Un giorno vanno trovare la torta.« »Eines Tages werden sie die Torte finden«, und ließ seinen Kopf wieder sinken.

Mein Bekannter lächelte und sagte, das sei das einzige, was der arme Kerl noch sage, und sie nennten ihn deswegen nur »la torta«, ein Spitzname, mit dem er bereits ins Pflegeheim gekommen sei und den er offenbar in seinem Dorf ein Leben lang getragen habe. Aber was der Grund dafür sei, wisse niemand, und es kämen auch keine Familienangehörigen zu Besuch, die man fragen könne.

Ich trat zum Bett des Alten, beugte mich über ihn und fragte: »Dove vanno trovare la torta?« »Wo werden sie die Torte finden?«

Ohne die Augen zu öffnen, sagte er: »Nel lago.« »Im See.«

Ich fragte meinen Bekannten, ob er auch gelesen habe, daß die Seepolizei kürzlich im Lago Maggiore bei einer Suchaktion nach einem Ertrunkenen im Bodenschlamm eine große Blechschachtel mit der Aufschrift »Grand Hotel Locarno« gefunden habe, in welcher verrostete Zünder gewesen seien, die zu einer Ladung Dynamit gehört haben könnten, und daß ein Rätselraten um diesen Fund entstanden sei.

Kaum hatte ich dies gesagt, fuhr der Alte in seinem Bett hoch, riß die Augen weit auf und rief: »L'hanno finalmente trovata!« »Endlich haben sie sie gefunden!«

»Die Torte?« fragte ich und fügte hinzu: »Es war aber Dynamit drin.«

Nun erschien die Pflegerin mit dem Mittagessen und war ganz erstaunt, den Alten aufrecht im Bett sitzen zu sehen, und sie staunte noch mehr, als dieser mit klarer Stimme zu mir sagte, ich solle jetzt gehen und am Nachmittag wieder kommen, dann werde er mir die Geschichte mit der Torte erzählen.

Ich suchte eine Osteria auf, wo man mir eine wunderbare Polenta mit einem Kaninchenschenkel servierte, und als ich am Nachmittag wieder das Altersheim aufsuchte, war mit dem Alten eine eigenartige Veränderung geschehen. Er saß im Lehnstuhl am Fenster und trug ein blaues Jackett mit Brusttressen und eine Mütze mit der Aufschrift »Grand Hotel Locarno«, und so wie er dasaß, hätte man ihn ohne weiteres gerufen, um einen Koffer ins Zimmer tragen zu lassen. Was er nun erzählte, trug er ohne zu stocken vor, so daß ich fast nicht glauben konnte, daß es sich um denselben röchelnden Menschen handelte, den ich heute morgen gesehen hatte.

»Nehmen Sie Platz«, sagte er zu mir und wies auf den Besucherstuhl, »ich kenne Sie zwar nicht, aber weil Sie mir die Nachricht von der gefundenen Schachtel gebracht haben, will ich Ihnen meine Geschichte erzählen. Mit Righetti« – er wies mit dem Kopf auf seinen zuckerkranken Zimmernachbarn – »hab ich schon gesprochen, er will auch zuhören.

Ich heiße Ernesto Tonini, ich bin 1904 in diesem Tal geboren, und ich weiß nicht, ob Sie sich eine Vorstellung davon machen können – Sie sind Deutschschweizer, nicht? – wie man damals gelebt hat. Es war ein einziger Kampf ums Überleben, der vom Talboden bis zur Waldgrenze hinauf geführt wurde, jeder Quadratmeter, den man bewirtschaften konnte, zählte, jeder Kastanienbaum bedeutete so und soviel Mahlzeiten für hungrige Mägen, oft mußten die Kinder den ganzen Sommer lang auf die oberste Alp mit den Ziegen und Schafen und hatten als einzige Nahrung drei bis vier Liter Ziegenmilch am Tag, alle Familien hatten zu viele Kinder, und wenn die Mutter bei der Geburt des siebten Kindes starb und der Vater beim Mähen von einer Kreuzotter gebissen wurde und kein Gegengift da war, wurden die Kinder zu Verwandten gegeben, wo sie sich gewöhnlich vom ersten Hahnenschrei bis nach Sonnenuntergang abrackern mußten, oder sie kamen ins Waisenhaus. Ich hatte Glück und kam ins Waisenhaus, und ich hatte nochmals Glück und bekam nach der Schule eine Stelle als Laufbursche im Grand Hotel Locarno.

Natürlich versuchte man auch dort, das Letzte aus uns herauszuholen. Um 5 Uhr war Tagwacht, dann mußten wir die große Terrasse und den Vorplatz wischen, wir mußten die Brötchen beim Bäcker holen, und wehe, man wurde erwischt, wenn man eins gegessen hatte, der Küchenmeister zählte sie ab und zog es dir vom Lohn ab, falls man das Lohn nennen konnte, 50 Rappen am Tag, und ein Brötchen kostete 10 Rappen. Ich will euch nicht weiter langweilen mit dem, was wir zu tun hatten, sondern sage nur noch, daß man als Jüngster alles zugeschoben bekam, worum sich die Älteren zu drücken versuchten. Wir wohnten zu viert in Zimmern mit zwei Betten übereinander, zwischen denen gerade ein Mensch stehend Platz hatte, und für die andern, die alle von Locarno, Ascona oder Tenero kamen, war ich der Tölpel aus dem Tal, ich hatte auch keine Gelegenheit, meine Geschwister zu sehen, kurz, ich war einsam, elend und arm, und ich war täglich um Leute herum, die gesellig, fröhlich und reich waren, und so wurde ich Kommunist.«

Ernesto Tonini lächelte und schaute vom einen zum andern. Wir mußten ziemlich überraschte Gesichter gemacht haben.

»Das hättet ihr nicht gedacht, stimmt's oder hab ich Recht?«

Wir zwei Zuhörer nickten, und er fuhr weiter.

»Der Bäckerjunge, der mir jeweils die Brötchen übergab, nahm mich an einem meiner wenigen freien Abende an eine Versammlung mit, die in einer kleinen Druckerei in Muralto abgehalten wurde, was heißt Versammlung, es war eher eine Verschwörung, sechs oder sieben Männer waren da, und manchmal noch Giulietta, die Tochter des Druckers, und dieser erzählte uns, wie sich Marx eine Welt ausgedacht hatte, in der es keine Armen und Reichen mehr gibt, sondern in der allen alles gehört, und wie unser großer Genosse Lenin von der Schweiz nach Rußland gefahren war und dort den Zar gestürzt hatte, um diese Welt aufzubauen, und wie es aber besser sei, dort, wo man arbeite, vorläufig nichts von diesen Ideen zu sagen, weil bei uns noch die Reichen regierten und wir dann sofort rausflögen, z. B. aus dem Grand Hotel Locarno.

Daran hielt ich mich, aber von dem Moment an, wo ich bei den Kommunisten war, sah die Welt ganz anders aus für mich. Ich wurde gelassener und machte meine Arbeit besser, denn ich wußte nun, daß dies alles nicht so bleiben würde und daß ich eines Tages meine Geschwister, die als Mägde, Knechte oder Steinbrecher arbeiteten oder noch im Waisenhaus waren, ins Grand Hotel würde einladen können, in die Zimmer mit Seesicht.

Da ich ganz adrett aussah, bekam ich ab und zu ein Trinkgeld, und ich kaufte mir kleine Lehrbücher für Deutsch, Französisch und Englisch, die ich mir in die Tasche steckte und während meiner Botengänge hervorzog, um mich mit diesen Sprachen vertraut zu machen. Wir seien, sagte uns der Drucker immer wieder, eine Zelle, und es sei gut möglich, daß man einen von uns einmal ins Ausland schicke, wo die Weltgeschichte gemacht werde.

Wenn ich den fremden Gästen die Koffer ins Zimmer trug, versuchte ich immer, etwas in ihrer Sprache zu sagen und von ihnen zu lernen. Das machte mich beliebt, und öfters verlangten die Gäste, daß sie der kleine Ernesto an den Bahnhof begleite oder ihnen den Tee aufs Zimmer bringe. Dies blieb im Hotel nicht unbemerkt, und nach drei Jahren teilte man mich zum Etagendienst ein und stellte mich von Zeit zu Zeit sogar als Aushilfskellner an. Und an zwei Abenden im

Monat hörte ich an unsern Versammlungen, wie Genosse Lenin Rußland umkrempelte, wie aber in München die Räterepublik gescheitert sei und daß uns das eine Warnung sein solle, wie schwer es die Revolution bei uns habe.

Und dann, auf einmal, kam die Weltgeschichte nach Locarno. Im Herbst 1925 versammelten sich die Ministerpräsidenten von halb Europa ausgerechnet hier, im Tessin, um über die Folgen des 1. Weltkriegs zu diskutieren. Soviel ich verstand, ging es vor allem darum, Deutschland wieder zu einem normalen Mitglied Europas zu machen. Daß Deutschland dies noch nicht war, merkten wir daran, daß alle Delegationen außer der deutschen bei uns im Grand Hotel logierten, die Engländer, die Franzosen, die Italiener, die Belgier und, warten Sie, ja, die Tschechen waren auch da, die kamen etwas später, Herr Benesch und seine Frau, die immer einen Strohhut trug, und die Polen.

Ganz Locarno war aus dem Häuschen in diesen vierzehn Tagen. Zwei- bis dreihundert Journalisten rannten jeden Tag zum Palazzo di Giustizia, wo die Sitzungen stattfanden und wo sie nicht hineindurften, und dann ins Grand Hotel zu den Pressekonferenzen, wo sie auch nichts erfuhren, und dann zum »Bankverein«, wo sie telephonieren und telegraphieren konnten. Politiker, deren Namen man nur aus der Zeitung kannte, waren plötzlich leibhaftig zu sehen, der deutsche Stresemann mit seiner leuchtenden Glatze trank abends auf der Piazza Grande sein Bier, der Franzose Briand, klein und etwas gebeugt, ging einmal ins Kino, Chamberlain, den Briten, sah man mit seiner Frau am Lido spazieren, und wir im Grand Hotel hatten sie natürlich alle von ganz nahe, am Frühstückstisch oder beim Diner, und das Personal schuftete von morgens früh bis abends spät, und keiner durfte fehlen. Einmal fing mich der Küchenchef kurz vor zwölf auf der Hintertreppe ab, als ich todmüde in mein Zimmer gehen wollte, und ich mußte ihm helfen, Brötchen zu streichen, die ich dann zu einer mitternächtlichen Pressekonferenz bringen mußte, und ich bekam mit, wie Grandi, die rechte Hand Mussolinis, allen italienischen Journalisten drohte, wenn morgen auch nur ein Wort vom Vertragsentwurf in einer ihrer Zeitungen stehe, werde diese sofort verboten. Und dann durfte ich den Journalisten meine Brötchen servieren, und Luigi, ein zweiter Aushilfskellner, schenkte ihnen Champagner ein. So lernte ich, was Pressefreiheit heißt, und es wurde mir auch klar, weshalb der Drucker mit Empörung von den Faschisten sprach.

Nicht nur ganz Locarno war in Aufruhr, auch unsere kleine Zelle. Die Kommunisten, belehrte uns unser Drucker, seien strikte gegen diese Verhandlungen. Ein Deutschland, das wieder funktioniere, stärke die rechten und bürgerlichen Mächte in Europa, und dadurch werde der revolutionäre Umsturz erschwert. Diese Konferenz, so war die Meinung der Kommunisten, müsse deshalb sabotiert werden.

Wie ernst es ihnen damit war, erfuhr ich, als mich der Drucker nach unserer Versammlung kurz vor Beginn der Konferenz zurückbehielt und mir sagte, da ich im Grand Hotel arbeite, käme ich am nächsten an die Politiker heran, ohne Verdacht zu erwecken, und alle

13

Genossen erwarteten von mir eine große Tat für die Weltrevolution. ›Was für eine Tat‹, fragte ich, und er öffnete eine Mappe, in der einige Stangen Dynamit lagen, und zeigte mir, wie man die Zündschnur entflammen mußte. ›Sie ist auf 10 Sekunden berechnet‹, sagte er, ›damit niemand Zeit hat, zu fliehen.‹

Ich erbleichte. ›Das heißt –‹

›Ja, Ernesto, das heißt, daß dein Name in allen Geschichtsbüchern stehen wird. Die Piazza Grande wird Piazza Ernesto Tonini heißen. Klar?‹

›Klar, Chef.‹

›Proletarier aller Länder –‹

›– vereinigt euch‹, murmelte ich und machte mich auf den Heimweg, mit der Mappe unter dem Arm, und da ich mittlerweile ein Einzelzimmer hatte, so groß wie eine bessere Besenkammer, versorgte ich sie einfach in meinem Koffer, den ich unter dem Bett verwahrte.

Ich hatte meinen Entschluß schnell gefaßt. Mein Leben bis jetzt war hart und freudlos gewesen, Freunde außerhalb der Zelle hatte ich kaum, große Chancen, im Hotelbetrieb aufzusteigen, konnte ich mir nicht ausrechnen, vermissen würde mich niemand, dafür würde mein Name um die Welt gehen, und meine Geschwister würden später auf einem Platz mit dem Namen ihres Bruders eine Limonade trinken können.«

Ernesto Tonini hielt inne und fragte mich, ob ich ihm das Teeglas vom Nachttischchen reichen könne, und als er es in der Hand hatte, trank er es in wenigen Schlucken leer und fuhr sich mit der Zunge über die vertrockneten Lippen.

Ich schenkte ihm aus dem Teekrug noch ein zweites Glas ein, aber er winkte ab und fuhr in seiner Erzählung fort.

»Die Konferenz begann, und die Frage war, wo ich möglichst viele Teilnehmer aufs mal treffen könnte. Eine der wenigen Sicherheitsmaßnahmen im Hotel war, außer daß man die Befestigung des Kronleuchters geprüft hatte, der in der Eingangshalle über die vier Stockwerke hinunterhängt, daß die Delegationen beim Diner möglichst weit voneinander entfernt saßen, also mußte ich mir überlegen, auf welche der Delegationen ich das Attentat verüben wollte. Die wichtigsten in meiner Reichweite waren zweifellos die englische und die französische. Ich hatte mich schon für die englische entschieden, da Chamberlain der Vorsitzende der Konferenz war und da mir Madame Briand ein Trinkgeld gegeben hatte, als ich ihr einen Blumenstrauß vom Sindaco aufs Hotelzimmer gebracht hatte.

Da bot mir der Zufall eine Gelegenheit, um die mich die Geschichte beneiden mußte.

Einer der wichtigsten Gäste, der in unserm Hotel ein- und ausging und vor dem alle stramm zu stehen hatten, war ein Franzose namens Loucheur. Er war ein Kapitalist aus dem Lehrbuch, der Drucker sprach seinen Namen mit Haß aus, wenn er von den Hungerlöhnen der Dampfschiffgesellschaft und der Centovallibahn sprach, denn beide gehörten Herrn Loucheur, und es hieß auch, es sei eigentlich sein Verdienst gewesen, daß die Konferenz gerade nach Locarno gekommen war. Nun ließ Monsieur Loucheur beim Confiseur des

Hotels eine große Torte bestellen, die am nächsten Mittag auf sein Motorschiff »Fior d'arancia« gebracht werden mußte. Auf diesem Motorschiff, so sickerte bald durch, sollten die Spitzenmänner der Konferenz zu einer Rundfahrt eingeladen werden, so daß sie in einer schöneren Atmosphäre miteinander diskutieren konnten.

Eine reiche Tessiner Platte mit Merlot und grünem Veltliner sollte auf dem Tisch für 12 Personen bereitstehen, und später auf der Rundfahrt sollte dann zum Kaffee die große Torte serviert werden. Zu meiner Überraschung wurde ich dazu auserkoren, die Torte aufs Schiff zu bringen und dort dem Hauptkellner mit der Bedienung zur Hand zu gehen. Dies hatte einerseits mit einem großen Bankett am Abend zu tun, zu dessen Vorbereitung wieder einmal alle verfügbaren Kräfte mobilisiert wurden, andererseits spielte wohl auch eine Rolle, daß ich mich auf deutsch, englisch und französisch einigermaßen verständigen konnte.

Ihr könnt euch vorstellen, daß ich wenig schlief in dieser Nacht, und ihr könnt euch vielleicht auch vorstellen, wie ich am andern Nachmittag das Dynamit auf das Schiff brachte. Die Torte war zweistöckig, und der Confiseur hatte mit Schlagsahne »Pace« und »Locarno« darauf geschrieben. Sie wurde in eine große Blechschachtel gestellt, die man mit Klammern verschloß, und als ich sie aus der Küche trug, ging ich damit zuerst in mein Zimmer, öffnete sie und schob die Dynamitstangen so weit in die Kuchenmasse, daß die Zündschnur noch herausschaute. Dann schloß ich die Schachtel wieder und trug sie wie eine Monstranz den kurzen Weg zur Anlegestelle hinunter, wo mich der Hauptkellner schon erwartete. Da der Raum im kleinen Schiffssalon sehr knapp war, hatte er für die Torte einen Platz unter einem Sitz des Hinterdecks vorgesehen, was auch den Vorteil hatte, daß sie kühler blieb, es war immerhin schon Mitte Oktober. Ich verstaute sie also dort und nahm nachher mit halbem Ohr seine Anweisungen für die Bedienung entgegen. Hauptsache, ich spürte die Streichhölzer in meiner Tasche. Ich war bereit, die Weltgeschichte sollte kommen.

Und als die Minister und hohen Sekretäre nun einer nach dem andern nichtsahnend das Schiff betraten, das sie in den Tod führen sollte, und von Herrn Loucheur begrüßt wurden, Chamberlain, Briand, Stresemann, Luther, Sciaiola und wie sie alle hießen, und das Schiff dann ablegte und in Richtung Luino fuhr und sie nach ihren Broten und der Coppa und den Salamischeiben griffen und mit ihren Weißweingläsern anstießen und immer wieder das Wort »Völkerbund« hören ließen, geschah etwas Eigenartiges.

Ihr werdet begreifen, daß ich angesichts dessen, was bevorstand, ziemlich nervös war, und so schüttete ich ausgerechnet der einzigen Dame an Bord, Lady Chamberlain, etwas Weißwein über ihr Kleid, was mir einen zornigen Blick des Hauptkellners eintrug, während mich Lady Chamberlain nachsichtig anschaute und fragte: ›Are you in love, young man?‹

Und in diesem Moment wurde mir klar, daß ich wirklich verliebt war, und zwar in Giulietta, die Tochter des Druckers, der ich so gerne nachschaute, wenn sie uns Verschwörern etwas zu trinken brachte und dann wieder ging, und ich merkte, daß ich schon lange auf eine Gelegenheit wartete, sie allein zu sehen, sie einzuladen, mit mir spazieren zu gehen, und daß ich mit diesem Gedanken nicht einfach spielte, sondern daß ich darauf brannte, sie zu küssen und zu umarmen, und daß ich auf keinen Fall in die Weltgeschichte eingehen wollte, bevor ich nicht mit einem Mädchen ausgegangen war, und zu meinem großen Erstaunen hörte ich mich antworten: ›Yes, I am, Madame, and I beg your pardon.‹«

Ernesto Tonini faßte nun mit den Händen die vorderen Krümmungen der Armlehne, zog seinen gebrechlichen Körper nach vorn, so weit es ging, schaute uns eindringlich an und fuhr dann weiter:

»Und als der Moment kam, in dem mich der Hauptkellner hieß, die Torte zu holen, ging ich auf's Hinterdeck und wußte mir nicht anders zu helfen, als daß ich absichtlich über eine Bank stolperte und die Blechschachtel mit der ›Pace und Locarno‹-Torte über die Reling in den See fallen ließ, wo sie langsam versank.

Die Empörung des Hauptkellners kannte keine Grenzen, auch Monsieur Loucheur zischte mir ›connard‹ und ›crétin‹ zu, und wäre nicht Lady Chamberlain gewesen, die ihre Hand auf die meine legte und versöhnlich sagte: ›He is in love, gentlemen – why don't you love each other too?‹ hätte ich wohl auf der Stelle Prügel gekriegt.

So rot wie damals bin ich nie mehr geworden, und wer weiß, ob Deutschland in den Völkerbund aufgenommen worden wäre ohne die Fürsprache von Lady Chamberlain für die Liebe, und so habe ich vielleicht doch ein bißchen am Gang der Welt mitgewirkt. Natürlich machte die Geschichte sofort die Runde, alle Kollegen nannten mich von da an nur noch ›la torta‹, und hätte sich nicht Lady Chamberlain sofort bei der Direktion des Hotels für mich eingesetzt, wäre ich bestimmt gefeuert worden.

Was in der Torte war, hat nie jemand erfahren, aber am nächsten Tag ging ich zum Drucker und sagte ihm, daß seine Dynamitstangen am Grunde des Lago Maggiore in einer Kuchenschachtel lägen und daß er das nächste Attentat besser selber ausführe, statt es einem Trottel wie mir anzuvertrauen, und daß ich nicht mehr an seine Versammlungen käme und auch nicht mehr an den Kommunismus glaube, wenn man für ihn so nette Leute wie Herrn und Frau Chamberlain umbringen müsse und erst noch selbst draufgehe dabei.

Ich gab ihm jedoch mein Wort, niemandem etwas davon zu erzählen, wofür er sehr dankbar war, und im übrigen wurde er später mein Schwiegervater, denn Giulietta mochte mich, wir küßten und umarmten uns in der kurzen Zeit, in der wir ein Paar waren, denn sie ist jung und kinderlos an Tuberkulose gestorben, aber ich liebe sie noch heute, ich liebe sie und Lady Chamberlain, die mich beide daran gehindert haben, in die Weltgeschichte einzugehen.«

Erschöpft ließ sich der alte Mann in den Lehnstuhl sinken, und eine Weile war es ganz ruhig im Zimmer. Dann bat er mich, vom Waschtisch die beiden Zahngläser zu holen und auszuspülen und das untere Fach seines Schranks zu öffnen. Dort stand hinter seinem kleinen Koffer, in dem er einst das Dynamit aufbewahrt haben mußte, eine Flasche Grappa und ein Zinnbecher mit der Aufschrift »Grand Hotel Locarno«.

Er ließ es sich nicht nehmen, uns, zitternd zwar, aber ohne etwas zu verschütten, selbst einzuschenken, und wir tranken, während es draußen zu regnen begann und allmählich dunkler wurde, die ganze Flasche in kleinen und langsamen Schlucken aus.

Als ich meinen Bekannten nach zwei Tagen anrief, weil unser Tausch vom Grundbuchamt genehmigt worden war, sagte er mir, Ernesto Tonini sei in der Nacht darauf friedlich gestorben.

Der Schimmel

Als die Frauenärztin, die ich Dr. Sabina Christen nennen will, nach einem anstrengenden Montag in der Praxis die Tiefgarage betrat, in der sich ihr Auto befand, stutzte sie einen Moment. Ihr schien, in der abgestandenen Luft, die nach Gummireifen, Ölflecken und Benzin roch, schwebe ein Pferdegeruch. Woher er kam, war nicht auszumachen, die Wagen der Dauermieter warteten auf ihren gewohnten Plätzen, und in der Hauswartecke standen wie immer der Schneepflug und der Laubbläser.

Vielleicht, dachte sie, bevor sie einstieg, ist jemand von den andern reiten gegangen und hat die Reitkleidung in seinen Wagen gelegt. Im Wegfahren versuchte sie sich die Mitbenützer der Garage auf einem Pferd vorzustellen, und der einzige, der einen passenden Anblick abgab, war der Zahnarzt im zweiten Stock, von dem sie sich aber zu erinnern glaubte, daß er Jäger war. Sie nahm sich vor, ihn zu fragen, wenn sie ihn das nächstemal sähe.

Es war vielleicht eine Woche später, als ihr der Geruch erneut auffiel. Diesmal war er so stark, als sei ein schwitzendes Pferd von einem Ausritt zurückgekommen und habe noch ein paar Pferdeäpfel fallen lassen. Doch von einem Pferd war nichts zu sehen, geschweige denn von Pferdeäpfeln, und die paar Autos standen so ordentlich und langweilig wie immer auf den für sie bestimmten Rechtecken.

Die Ärztin wunderte sich. Der Zahnarzt, den sie darauf angesprochen hatte, war kein Reiter, und ihm war der Geruch nicht aufgefallen. Während sie nach Hause fuhr, etwas in Eile, weil sich die Sprechstunden unerwartet in die Länge gezogen hatten und ihre zwei halbwüchsigen Töchter mit dem Nachtessen auf sie warteten, wie sie ihr mit einem SMS mitgeteilt hatten, stieg auf einmal eine starke Sehnsucht nach Pferden in ihr hoch.

Als Gymnasiastin hatte sie oft in einem Reitstall ausgeholfen, um sich damit die Reitstunden zu finanzieren, von denen ihre Eltern nichts wissen wollten, zu gefährlich sei es und zu teuer, hatten sie gefunden, und warum sie nicht mit ihrer Freundin in die Ballettschule gehe, das sei doch auch etwas Schönes und passe viel besser zu einem Mädchen. Sie aber hatte Pferde gestriegelt, hatte ihnen das Zaumzeug abgenommen oder angelegt, ihre Beine abgespritzt, die Hufe gereinigt, den Mist auf die Karrette geladen und auf den Miststock gefahren, neues Stroh in die Boxen gestreut, die Krippen mit Heu gefüllt und dann den Pferden beim Kauen zugeschaut und sich mit ihnen wohlgefühlt, und dieses Wohlgefühl hatte sich nun mit dem Geruch bei ihr eingenistet wie ein Gast aus einer verloren geglaubten Welt. Sie dachte auch an die Stunden, die sie auf Pferden gesessen hatte, welche sie über Waldwege trugen oder entlang von Getreideäckern, an deren Rändern Mohn- und Kornblumen wuchsen, oder von einem Gehöft zum andern, wo die Hunde anschlugen, wenn der kleine Troß auftauchte, in dem sie mitritt, und während sie ihren Wagen von einer Ampel zur nächsten lenkte, kam ihr der ganze Verkehr wie ein Verrat an den Pferden vor. Jahrhundertelang waren sie es gewesen, die dem Menschen halfen, sich schneller fortzubewegen, und die Erfindung des Benzinmotors hatte genügt, um das Pferd zum Hobby zu degradieren, und selbst ein Ausdruck wie Pferdestärke war zu einer Abkürzung verkommen, hinter der kein Mensch mehr die Zugkraft eines stampfenden Tieres vermutete. Mit heruntergekurbelter Scheibe vor einem Rotlicht stehend, versuchte sie sich einen Moment lang vorzustellen, alle diese heimkehrenden Einzelmenschen in ihren Autos säßen auf Pferden, und brach dabei in ein kurzes Gelächter aus, was ihr einen argwöhnischen Blick aus dem Nachbarwagen eintrug.

Gegen Ende des Studiums hatte sie aufgehört zu reiten, es kamen die Jahre als Assistenzärztin, die Heirat, die Töchter, die Praxis, die Scheidung, und für den halben Tag in der Woche, den es dafür gebraucht hätte, fehlten ihr die Muße und die Energie, aber auch die Lust. Wieso erinnerte sie sich denn auf einmal mit solcher Heftigkeit an ihre Zeit mit den Pferden?

Ich bin alt, schoß es ihr durch den Kopf, und dieser Gedanke erschreckte sie so, daß sie beinahe den Radfahrer übersehen hätte, der neben ihr geradeaus über die Kreuzung fuhr, auf welcher sie nach rechts abbiegen wollte.

Aber als die ältere Tochter sie fragte, wieso sie so gut aussehe, nahm sie sich vor, sich so bald wie möglich nach einem Reitstall umzusehen.

Der Hauswart übrigens, den sie am nächsten Tag auf den Geruch ansprach, als sie ihn in der Garage traf, blickte sie erstaunt an, und tatsächlich war nun im Benzin- und Reifengeruch nicht mehr das geringste Pferdearoma auszumachen.

Die nächsten Wochen waren bis zum äußersten angefüllt, Sabina Christen besuchte eine Fortbildungstagung und mußte dadurch Überstunden in ihrer Praxis leisten, so daß sie gar nicht daran denken konnte, sich mit der Suche nach einem geeigneten Reitstall zu beschäftigen, und den Pferdegeruch in der Garage hatte sie fast wieder vergessen.

Um so erstaunter war sie deshalb, als sie eines Abends, gerade als sie die Tür zur Tiefgarage öffnen wollte, ein Wiehern hörte. Sie hielt einen Moment inne und fragte sich, ob sie einer Täuschung erlegen sei, da ertönte das Wiehern ein zweitesmal. Vorsichtig drückte sie die Klinke, öffnete die Tür einen Spalt weit, und da sah sie den Schimmel. Er stand dort, wo sie glaubte, am Morgen ihr Auto hingestellt zu haben, und schaute gegen die Wand, aber als sie die Tür jetzt ganz öffnete, drehte er den Kopf mit einer schnellen Bewegung in ihre Richtung, was seine lange Mähne zum Flattern brachte, und stieß erneut ein Wiehern aus, ein Wiehern, das geradezu stürmisch klang.

Die Ärztin stellte ihre Tasche neben der Türe ab, näherte sich behutsam dem Pferd, legte ihre Hand auf seine Kruppe und fragte es: »Wo kommst denn du her?«

Die Nähe der Frau schien das Pferd etwas zu beruhigen, es gab sich mit langsamen Halsbewegungen dem Kraulen der Mähne hin, zu dem Sabina jetzt ansetzte. Es war ein wunderschöner Schimmel, ein Wallach, und er trug ein Zaumzeug und einen Sattel, dessen Bogen ungewöhnlich hoch war.

Jetzt war ihr, sie höre den Hauswart draußen vor der Garage hantieren, und sie drückte auf die Fernbedienung an ihrem Schlüsselbund, den sie schon in der Hand hatte. Mit einem brummenden Geräusch öffnete sich das Kipptor, sie trat vor die Einfahrt, sah aber niemanden.

»Herr Jordi!« rief sie und schaute sich um, »Herr Jordi! Was ist mit dem Pferd in der Garage?« Da stieß sie der Schimmel von hinten mit der Schnauze in die Seite, daß sie fast hingefallen wäre.

»Willst du wohl?« sagte sie und packte ihn am Zaumzeug.

Als der Schimmel nun ganz leicht seinen Kopf an ihrer Hüfte rieb, ging ihr ein Gedanke durch den Kopf, der sie lächeln machte. Sie blickte an sich herunter und musterte ihre Halbschuhe. Die waren solid genug, hatten sogar ein Luftpolster in den Sohlen wegen ihrer gelegentlichen Rückenschmerzen. Sie trug Hosen, hatte über ihrer Bluse eine leichte Jacke an, es war ein warmer Frühsommerabend, und sie war etwas eher fertig geworden, also könnte sie so, wie sie dastand, einen kleinen Ausritt wagen. Ihre Praxis war am Stadtrand gelegen, und zwei Straßen weiter führte eine Abzweigung zum Rand des Burgerwaldes.

Als hätte der Schimmel ihre Gedanken erraten, setzte er sich langsam in Bewegung, schritt, von der Ärztin am Halfter geführt, die Einfahrt hoch, folgte ihr über das Trottoir der Hauptstraße und bog dann mit ihr in die Burgerwaldstraße ein. Seine Huftritte hallten zuerst von

25

zwei- bis dreistöckigen Wohnblöcken wider, später wurden sie von Rasenmähern übertönt, die zwischen Einfamilienhäusern mit Wagenrädern, Gartenzwergen und Froschbiotopen wüteten. Aus einem der Gärten winkte ihr eine Frau mit einer Rasenkantenschere zu: »Hallo, Frau Doktor, ich wußte gar nicht, daß Sie reiten!«

Sabina Christen erschrak. Frau Brunner, eine Patientin von ihr. »Nur selten«, antwortete sie, ohne anzuhalten.

»Ein Prachtspferd!« rief ihr die Frau nach, »wie heißt es?«

»Beowulf!« rief die Ärztin zurück, indem sie sich mit ihrem Schimmel entfernte, ohne zu wissen, woher ihr dieser Name gekommen war.

»Hast du gehört?« sagte sie zum Pferd, »Beowulf!« Sie lachte, und als es jetzt schnaubend den Kopf in die Höhe warf, war sie so vergnügt, als hätte ihr ein Liebhaber ein heimliches Treffen vorgeschlagen.

Das letzte Haus lag hinter ihr; nach einer kleinen Brücke, an der ein Weidenbaum stand, ging die asphaltierte Straße in einen Feldweg über, der auf den Burgerwald zulief. Die Ärztin blieb stehen, und mit ihr der Schimmel. Sie prüfte den Sattelgurt an seinem Bauch und beschloß, ihn etwas enger anzuziehen, was der Schimmel ohne weiteres geschehen ließ. Die Gürtelschnalle sah aus, als wäre sie aus purem Silber. Unternehmungslustig steckte sie sich eine abgebrochene Weidenrute, die am Boden lag, in den Gürtel, das gab ihr so etwas wie ein Jockeygefühl.

»Also, Beowulf«, sagte sie dann, »probieren wir's mal zusammen?«

Sie setzte den linken Fuß in den Steigbügel, schwang sich leicht wie ein junges Mädchen in den Sattel, fand sofort mit dem rechten Fuß den andern Bügel, und schon setzte sich der Schimmel in einen leichten, angenehmen Trab; mühelos konnte sich Sabina dem Wippen des Pferderückens anpassen, und ihr Reittier ließ sich auch gleich zu einem langsamen Tritt bewegen, als ihr zwei Biker entgegenkamen.

Sie erreichte nun den Waldsaum und entschied sich, die Abzweigung zu nehmen, die in den Wald hinein führte, da sie dort weniger Spaziergänger erwartete. Die Verständigung mit dem Schimmel war so einfach, als sei sie gestern zum letztenmal geritten, und er war so fügsam und geschmeidig, als trage er seine alte Herrin und Meisterin. Eine Gruppe von Jugendlichen, die der Lichtung mit der Waldhütte zustrebte, von wo der Rauch eines Picknickfeuers aufstieg, überholte sie ohne Schwierigkeiten, und als nun ein Stück schnurgeraden Weges vor ihr lag, auf das die Abendsonne, durch Baumkronen und Blätter vielfach gebrochen, ein freundliches Licht warf, fand sie, sie könne einen kleinen Galopp riskieren. Mit einem leisen »Hü!« preßte sie dem Schimmel die Füße in die Flanken, und der schlug nun einen federnden Galopp an, der für Sabina so leicht durchzustehen war, daß sie von einem richtigen Glücksgefühl erfaßt wurde und sich vornahm, ab sofort wieder regelmäßig zu reiten. Vorne zweigte ein Weg nach links zum Waldrand ab, und da sie fand, es genüge fürs erste, zog sie den Zügel nach links, verlagerte ihr Gewicht in Vorbereitung der Kurve und fiel beinahe hinunter, als das Pferd geradeaus weiterlief. Sofort zog sie beide Zügel straff an und rief streng: »Ho-oh!«, aber ihr Schimmel, mit dem sie sich so gut verstanden hatte, setzte seinen Galopp fort. Erneut stemmte die Reiterin die Füße mit ihrer ganzen Kraft in die Steigbügel, zerrte die Zügel zurück und rief so laut sie konnte: »Ho-ooh, Beowulf!«, und erneut blieb alles ohne Wirkung. Sabina wurde von Angst gepackt und versuchte ein drittesmal, die Macht über den Schimmel zurückzugewinnen, aber dieser setzte seinen Lauf gänzlich unbeeindruckt fort, seine Muskulatur bewegte sich unter ihren Beinen als große, selbständige Kraft, auf die sie nicht den geringsten Einfluß hatte.

Als sie merkte, daß sie keine Kontrolle über das Pferd mehr hatte, versuchte sie, nicht in Panik zu geraten. Sie spürte, daß sie keine Chance hatte gegen das Pferd, sondern nur mit dem Pferd. Ihre Kräfte mußte sie darauf verwenden, oben zu bleiben. Die Hoffnung, das Pferd sei auf dem Weg zu sich nach Hause, war nicht unberechtigt, es schien sich im Wald genau auszukennen, bog einmal nach links ab, dann wieder nach rechts, seine Hufe trappelten mit der Regelmäßigkeit einer Maschine, einmal überraschte es Sabina damit, daß es einen Pfad hinaufrannte, bei dem ihr Zweige ins Gesicht schlugen, so sehr sie sich auch vorbeugte. Erst jetzt wurde ihr bewußt, wie fahrlässig es gewesen war, sich ohne Helm auf ein Roß zu setzen, auf ein fremdes Roß, das sie nun durch eine Gegend trug, die ihr zunehmend fremder wurde. Nie hätte Sabina gedacht, daß der Wald, so nahe bei der Stadt, von einer solchen Dichte, Größe und Unberührtheit war. Wenn sie ihn betreten hatte, mit den Kindern etwa, war sie immer nach kurzer Zeit zu einer Autostraße gekommen, die es zu überqueren galt, oder an den Waldrand, zu Ausflugsrestaurants oder Spiel- und Rastplätzen, die meistens schon besetzt waren, oder war unvermutet vor Tennisplätzen gestanden, hinter denen BMW's und Mercedes parkierten, und nun ritt sie schon bald eine Viertelstunde über menschenleere Wege, die immer dunkler wurden, ihre Oberschenkel begannen vom nicht enden wollenden Galopp zu schmerzen, und sie mußte sich eingestehen, daß sie jede Orientierung verloren hatte.

Sie war erleichtert, als sich der Wald lichtete und sie in ein kleines Tal kam, in dem ein kräftiger Bach floß, der bei einem alten Fachwerkhaus weiter vorn ein großes Mühlenrad antrieb. Aber das Pferd machte keine Anstalten, in eine sanftere Gangart überzugehen.

»Achtung!« rief sie laut, indem sie auf das Haus zuritt, »ich kann nicht halten!«, und da stoben auf dem Vorplatz ein paar Menschen zur Seite, es schien ihr, einer habe eine weiße Schürze und eine Zipfelmütze getragen, auch hatte sie einen Holzkarren von großer Länge gesehen, der mit Säcken beladen war und bei dem zwei mächtige Gäule standen, und während empörte Rufe und Hundegebell hinter ihr herschollen, merkte sie, wie ihre Kräfte nachließen und wie sie sich zu verkrampfen begann, aus Angst, abgeworfen zu werden. Sie erblickte nun auf einem bewaldeten Hügel über dem Mühlental eine Burg, auf der Wimpel und Fahnen flatterten, und als der Schimmel in den Wald hineinstürmte und den Pfad in Angriff nahm, der hinauf führte zu dieser Festung, packte sie seine Mähne, beugte sich zu seinem Kopf nieder und flüsterte ihm ins Ohr: »Beowulf, bitte!«, und zu ihrem Erstaunen brach er seinen Galopp ab und ging in den leichten Trab über, mit dem der Ritt begonnen hatte.

Sie richtete sich im Sattel auf, aber es gelang ihr nicht mehr, sich den Bewegungen des Pferdes anzupassen, und sie wurde hin und her geschüttelt. Abzusteigen getraute sie sich nicht, deshalb war sie sehr froh, als jetzt aus einem Wachthäuschen ein junger Mann in einem historischen Kostüm auf sie zukam, sie respektvoll, wenn auch kaum verständlich grüßte, den Schimmel am Halfter nahm und Roß und Reiterin im Tritt einen gewundenen Weg hinauf führte. Dieser endete vor einer heruntergelassenen Ziehbrücke, die einen Burggraben überquerte.

Schon bevor sie die Brücke betraten, schrie der junge Mann: »Beowulf!« Innerhalb der Mauern wurde der Ruf weitergegeben, und als Sabina Christen auf dem Schimmel in den Burghof ritt, war dort eine große Bewegung, Menschen kamen aus verschiedenen Türen, Gesichter zeigten sich an den Fenstern des oberen Stockwerks, auf dem Wehrgang hob ein Behelmter freudig seine Armbrust in die Höhe, eine Waschfrau, die mit einer großen hölzernen Zange ein Leintuch aus einem dampfenden Trog hob, ließ dieses wieder fallen; der Knappe bat die Reiterin nun mit einer Geste, abzusteigen, was sie auch tat, ein Kind zeigte kreischend auf ihre Hose und bekam sofort eine Ohrfeige von einem Erwachsenen, und der Mann, der nun auf sie zutrat, war offensichtlich der Burgherr, der in einem Dialekt, den sie noch nie gehört hatte, sagte, sie hätten auf

30

sie gewartet und man werde sie sofort zu seiner Tochter bringen.

Die Ärztin war aufs höchste verwirrt und beunruhigt. Nicht nur hatte sie keine Ahnung, wo sie hingeraten war und was hier gespielt wurde, es wurde auch noch etwas erwartet von ihr. Da sie neben dem Ziehbrunnen stand, bat sie um einen Schluck Wasser, den ihr der Knappe auch sofort in einem Zinnbecher aus dem Eimer auf dem Brunnenrand schöpfte. Die kleine Pause, die man ihr zum Trinken gewährte, nutzte sie, um die Menschen zu mustern, die in einem Halbkreis um sie herumstanden. Kein einziger, der nicht historische Kleidung trug, und keiner, dessen Blick auch nur einen Hauch von Scherzhaftigkeit und Mummenschanz erkennen ließ, im Gegenteil, alle blickten sie mit einer Mischung aus Besorgnis und Ehrerbietung an, wie sie das von Hausbesuchen bei Schwerkranken kannte, und da wurde ihr klar, daß sie, aus welchem Grund auch immer, als Ärztin hierher geholt worden war.

»Danke«, sagte sie, gab den Becher zurück und fragte dann den Burgherrn, wo seine Tochter sei. Zwei Frauen mit Kopfhauben und langen Röcken, über welche sie Schürzen gebunden hatten, nahmen sie in die Mitte und gingen zuerst durch eine schmale Pforte in einen engen Vorraum und dann eine Wendeltreppe hinauf. Nun öffnete die erste eine große, eisenbeschlagene Türe, neben der sich eine Dienerin ängstlich verbeugte, und bat sie in einen Raum, in dem zwei Mägde neben einem Holzzuber mit heißem Wasser knieten. Vor einer Kommode stand eine leere Wiege, auf der Kommode lagen eine Schere und ein Garnknäuel, ein

31

vielarmiger Kerzenständer warf ein unruhiges Licht auf ein Himmelbett, und in diesem Himmelbett lag eine schweratmende blutjunge Frau mit rötlichen Haaren in den Geburtswehen.

Sabina trat ans Bett, legte der Frau die Hand auf die heiße Stirn, schaute ihr ins Gesicht, das voller Sommersprossen war, und fragte: »Wie geht's?«

Diese antwortete nicht und blickte sie nur mit weit aufgerissenen Augen an. Dann beugte sie sich unter der Decke auf, und ein tiefes Stöhnen brach aus ihr heraus.

»Das erste Kind?« fragte Sabina, und die junge Frau nickte.

»Ich bin Sabina«, fuhr sie fort, »und wie heißt du?«

»Mechthild«, flüsterte die Frau und stöhnte wieder auf.

Nun schlug Sabina die schwere Decke zurück, aber als sie auch das Nachthemd der Frau zurückstreifen wollte, hielten es die beiden Frauen, die sie heraufgebracht hatten, fest und schauten sie an, als wolle sie einen Frevel begehen.

»Also«, sagte sie darauf, »ich bin die Ärztin. Ist das klar?« Unwillig ließen die beiden das Hemd los, und Sabina rollte es der Gebärenden bis über die Brüste und schaute sich ihren Bauch an. Die Frau hatte die Statur eines jungen Mädchens, ihr Becken war erschreckend schmal und die Wölbung des Bauches enorm.

»Macht die Fensterläden auf«, sagte sie zu den Mägden, während sie den Bauch abtastete, und als sich diese unschlüssig anblickten, fügte sie etwas lauter hinzu: »Schnell!«

Die beiden gehorchten, und mit dem Abendlicht

strömte auch frische Luft ins stickige Zimmer, Mechthild sog sie gierig ein.

Als Sabina jetzt an der Scheidenöffnung arbeiten wollte, fiel ihr mit Schrecken ein, daß ihr Notfallkoffer mit den Handschuhen, dem Herztonverstärker und allem, was sie jetzt bräuchte, im Auto in der Garage war und daß sie ihre verschwitzten Hände, mit denen sie Zaumzeug und Sattel gehalten und dem Schimmel in die Mähne gegriffen hatte, nicht richtig waschen konnte. Sie hielt einen Finger in den Zuber und zog ihn sofort wieder zurück.

»Seife?« fragte sie, aber das Wort war unbekannt. Sie überlegte einen Moment.

»Schnaps?« Ebenso unbekannt.

»Branntwein?« fragte sie weiter, und nun nickten die beiden Frauen heftig.

»Schnell!« rief Sabina, »schnell, schnell!«, denn die junge Mechthild ächzte und war doch nicht in der Lage, ihre Leibesfrucht hinauszupressen.

Sabina tastete den Bauch ein zweitesmal ab, sie prüfte mit den Fingern, ob der Kopf des Kindes noch beweglich war und legte dann ihr Ohr an seinen Nackenpunkt, bis sie die Herzschläge des Kindes hörte. Wie nah waren diese, wenn sie durch ein Gerät wiedergegeben wurden, das man bloß auf die Bauchdecke zu legen brauchte, und wie weit weg waren sie, wenn man sie mit dem eigenen Ohr aushorchen mußte. Aber, da war Sabina sicher, sie waren da. Das Kind lebte.

»Schön ruhig, Mechthild«, sagte Sabina und hielt ihr die Hände auf den Bauch.

Was würde sie im Fall einer Komplikation tun? Sie

33

trat ans Fenster und blickte in den Hof hinunter – er bot genügend Landeplatz für einen Helikopter.

»Wo kann man telefonieren?« fragte sie.

Was die Frau meine, fragten die Helferinnen in ihrem seltsamen Dialekt.

»Telefonieren«, wiederholte Sabina und unterstützte das Wort pantomimisch.

Die Frauen schüttelten ratlos den Kopf, während Mechthild von einem neuen Stoß emporgerissen wurde.

Als Sabina nun zu ihrem Handy greifen wollte, merkte sie, daß sie es gar nicht bei sich trug. Ihre Tasche war in der Garage neben der Türe stehen geblieben. Sie hatte also nichts dabei, nichts außer ihrem Schlüsselbund, und es sah ganz so aus, als hätte sie der Schimmel in eine Welt getragen, die kaum etwas mit der ihren gemein hatte. Hier war einfach das im Gange, was den Frauen zu allen Zeiten beschieden war, und aus irgendeinem verborgenen Grunde war sie zur Hilfe auserkoren worden.

Die ältere Frau kam hereingehastet, mit einer Flasche Branntwein in der Hand. Sabina hielt die Nase daran, er roch ziemlich hochprozentig, und bat die Frau dann, sie solle ihn langsam über ihre Hände gießen. Die Frau tat wie geheißen, und Sabina rieb sich Finger und Handflächen damit ein.

»Danke«, sagte sie, »wie heißt du?«

»Anna«, sagte die Ältere.

»Und du?« fragte Sabina die andere.

»Maria«, sagte diese.

Für weitere Vorstellungsgespräche blieb keine Zeit, denn die Wehen überfielen Mechthild aufs neue.

Sabina stellte sich an die Bettkante, griff vorsichtig mit den Fingern in den Scheideneingang, fand einen fast vollständig eröffneten Muttermund und den Kopf im Beckeneingang, aber die Pfeilnaht, das spürte sie deutlich, war gerade, und das hieß, daß das Kind im hohen Geradstand war.

»Wie lang geht es schon?« fragte sie.

»Schon einen Tag«, gaben Anna und Maria fast gleichzeitig zur Antwort.

Also nützte es nichts mehr, die Frau anders zu lagern. In dieser Situation wäre Sabina und praktisch alle Kolleginnen und Kollegen, die sie kannte, operativ vorgegangen. Wie eine solche Geburt manuell durchzuführen wäre, hatte sie zwar in ihrer Ausbildung einmal gelesen, doch nie hätte sie gedacht, daß sie so etwas je selbst tun müßte.

Einen Moment schloß sie die Augen, in der vergeblichen Hoffnung, aus einem Alptraum zu erwachen, doch als dies nicht geschah, wandte sie sich den beiden Helferinnen zu.

»Ist kaltes Wasser da?«

Die beiden verneinten.

»Holt kaltes Wasser«, sagte sie, und die beiden gaben den Befehl der Dienerin vor der Türe weiter.

Nun bat Sabina die zwei Mägde, sich aufs Bett zu setzen und ihr zu helfen, Mechthild nach vorn zu schieben. Erschrocken blickten diese zurück. Das Himmelbett der jungen Herrin war wohl fast so etwas wie ein Thron.

»Ihr müßt«, sagte Sabina, »hopp, hopp!«, und als die beiden Frauen nun auf das Bett krochen und die Krei-

35

ßende unter den Schultern hielten und aufstützten, zog Sabina diese nach vorn, bis ihr Becken auf der Bettkante lag.

Die Dienerin mit dem kalten Wasser war zurück.

»Mach ein Tuch naß und leg es ihr auf die Stirn«, sagte Sabina.

Mechthild stöhnte auf, die Dienerin tat sofort, wie man sie geheißen hatte.

»Ist eine von euch Hebamme?« fragte Sabina.

Keine reagierte. Dann fiel ihr das alte Wort ein.

»Wehmutter?«

Eine alte, erfahrene Hebamme hätte sie sich jetzt gewünscht, doch zu ihrem Bedauern verneinten alle fünf Frauen, und Mechthild schrie qualvoll auf. Das Kind wollte endlich heraus.

Sabina mußte handeln und versuchte sich verzweifelt die nötigen Griffe in Erinnerung zu rufen.

Sie bat die Mägde, Mechthild wieder niederzulegen, und schob Zeige- und Mittelfinger der rechten Hand langsam in die Vagina, suchte, tastete, drückte seitwärts und wieder zurück, fand die Haltepunkte nicht, die sie brauchte, aber ihre Finger suchten weiter, bis sie endlich auf die Vertiefungen der Fontanellenansätze stießen.

»So, Mechthild«, sagte Sabina, »jetzt kannst du mir helfen, ich muß das Kind ein bißchen drehen. Drücke, so fest du kannst.«

Mechthild schüttelte wimmernd den Kopf.

»Doch«, sagte Sabina, »doch, du kannst! Ich weiß, daß du es kannst.«

Und während Mechthild tief aufatmend zu pressen begann, versuchte Sabina mit ihren gespreizten Fin-

gern das Köpfchen festzuhalten, was ihr zu ihrer Ver-
wunderung auch gelang, und in jeder Wehe wendete
sie es, so weit sie konnte. Nach vier Kontraktionen war
es so weit, daß der Kopf ins Becken eintrat und sich
nicht mehr zurückdrehte.

Sabina atmete auf.

»Gut gemacht!« sagte sie zu Mechthild, und auch
ein wenig zu sich selbst.

Sie hatte nicht geglaubt, daß sie das mit der bloßen
Hand zustande brächte.

Wenn sie Glück hatte, ging die Geburt nun auf nor-
male Weise weiter, schließlich war der Kopf bei der
engsten Stelle schon durch. Sabina horchte immer wieder die Herztöne ab, die unverändert blieben, und merkte bald, daß sie kein Glück hatte, denn es ging und ging
nicht vorwärts. Sie rieb sich die Hände nochmals mit
Branntwein ein, was Anna und Maria fast nicht verstehen konnten, machte nochmals eine vaginale Untersuchung, und dann wurde ihr klar, daß das Köpfchen
nicht in normaler Position, sondern hinten voran lag
und daß es Mechthild, schon aufs äußerste erschreckt
und erschöpft, kaum schaffen würde, das Kind ohne
eine mechanische Hilfe zur Welt zu bringen.

Eine Glocke wäre das Hilfreichste gewesen, oder mindestens eine Zange, doch Sabina hatte weder das eine
noch das andere. Der Rücken schmerzte sie, sie erhob
sich, stemmte die Hände in die Hüften und bog den
Oberkörper nach hinten. Da spürte sie die Weidengerte,
die sie sich in den Gürtel gesteckt hatte, und auf einmal kam ihr von weither eine Abbildung aus einem alten
gynäkologischen Werk in den Sinn.

Sie zog die Gerte aus dem Gürtel, tauchte sie ins heiße Wasser und begann sie vorsichtig zu biegen, bis sie die Form einer Schlinge hatte.

»Anna, etwas heißes Wasser in einen Becher, und Branntwein dazu.«

Sie kniete wieder nieder, mit der gebogenen Rute in beiden Händen.

Die Branntweinmischung war bereit.

»Mechthild, trinken«, sagte Sabina, »das tut dir gut!«

Anna hielt ihr den Becher hin, und Mechthild nahm einen Schluck. Sie riß vor Schreck den Mund auf.

»Noch einen«, sagte Sabina, »Medizin!«, und Mechthild nahm noch einen.

»Brav«, sagte Sabina, »brav! Und jetzt noch den letzten!«, und während Mechthild ihren Ekel überwand und das Getränk hinunterschluckte, das sie wärmte und schwindlig machte, bat Sabina die beiden Mägde auf dem Bett, ihre Herrin gut zu halten, und fragte Maria, ob sie Mechthilds Beine noch etwas mehr spreizen könne.

»Keine Angst, wir helfen dir«, sagte sie zur Gebärenden, aber diese ließ mit einem Stöhnen den Kopf sinken und fiel ihn Ohnmacht.

»Kaltes Wasser ins Gesicht!« rief Sabina, »schnell!«, denn gerade jetzt brauchte sie Mechthilds Mithilfe. Die Dienerin rieb ihr mit einem frischen Tuch Stirn und Wangen ab, jedoch Mechthilds Körper weigerte sich, bei diesem Martyrium mitzumachen, und ihr Preßdrang setzte aus.

Behutsam schob nun Sabina die Weidengerte in die Öffnung, kam aber nicht am Köpfchen vorbei. Sabina keuchte, als ob *sie* gebären müßte.

Mechthild röchelte, war aber nicht bei Bewußtsein. Das Köpfchen füllte die ganze Öffnung aus.

Die beiden Mägde auf dem Bett begannen zu weinen, auch der Dienerin liefen die Tränen herunter, und »Min Gott, min Gott!« klagte Maria, Anna schluchzte, und vor Sabinas Augen verschwamm die Vagina der Kreißenden mit dem Köpfchen, das nicht hinaus konnte.

»Nicht heulen«, sagte Sabina, »es *muß* gehen!«

Sie drückte das Köpfchen mit der linken Hand einen Moment lang etwas zurück, und es gelang ihr, die Gertenschlinge so weit hineinzuschieben, bis sie das Kinn des Kindes spürte. Als sie losließ, drängte das Köpfchen sogleich wieder gegen den Ausgang.

Und nun fing sie an, an der Schlinge zu ziehen, sachte zunächst, dann, als sie merkte, daß die Gerte nicht brach, nachhaltiger, bat Anna, bei jeder Wehenbewegung mit ihrem Unterarm auf Mechthilds Bauch zu drücken, und so zog sie und zog, Anna drückte und drückte, Sabina zog und zog und zog, und schließlich sah sie, daß das Köpfchen im Beckenboden stehenblieb. Nun nahm sie die Gertenschlinge in die linke Hand und spreizte ihre Rechte über dem Damm, um diesen gegen den großen bevorstehenden Druck zu schützen. Und er kam, der Druck, mit der nächsten Wehe, die Mechthild überfiel, Sabina hielt mit ihrer letzten Kraft die rechte Hand gegen den Damm, ließ dann die Gerte los und half mit der linken Hand dem Köpfchen, das nun endlich mit blutigem Fruchtwasser ans Tageslicht kam, gefolgt vom ganzen kleinen Körper des Kindes. Statt es in das Tuch zu legen, das Maria für den Säugling bereit hielt, legte Sabina der Mutter das Kind zwischen die Brüste. Kaum tat es seinen ersten Schrei, kappte sie ihm die Nabelschnur mit der Schere von der Kommode und band sie mit dem Garn ab, und als Mechthild die Augen aufschlug, sagte ihr Sabina »ein Bub«, und Mechthild lächelte. Das Kind schien gesund und normal, nur das Kinn trat ungewöhnlich stark hervor.

Die Nachgeburt kam problemlos und wurde von Maria in ein Tuch gewickelt, Sabina tupfte Mechthild mit Branntwein den Riß am Damm ab, der nicht allzu groß war. Dann rieb sie sich mit einem feuchten Tuch das Blut von den Händen, trat ans Fenster und sah, daß alle Burgbewohner auf dem Hof standen und erwartungsvoll zu ihr hochblickten.

»Ein Bub!« rief sie hinunter, und ein Freudengeschrei war die Antwort, der Burgherr fiel einer schönen Frau in die Arme, ein Mann mit einer silbernen Kette nickte lachend, Frauen und Kinder begannen zu tanzen, die Waschfrau stemmte die Hände in die Hüften und drehte sich einmal um sich selbst, ein Kaplan bekreuzigte sich, zwei Männer zogen ihre Degen und fochten klirrend einen fröhlichen Scheinkampf, dann griff sich Sabina an die Stirn, wandte sich um und verlangte von Anna ein Glas Branntwein.

Das Klappern von Pferdehufen in der Burgerwaldstraße mitten in der Nacht war ein derart ungewöhnliches Geräusch, daß Frau Brunner, die nicht einschlafen konnte, aufstand und zum Fenster hinausschaute. Was sie im Lichte der letzten Laterne der Straße erblickte, erschreckte sie.

Der Schimmel, den sie heute nachmittag gesehen hatte, kam in langsamem Tritt daher, und im Sattel lag, vornübergebeugt, die Hände in die Mähne des Pferdes gekrallt, ihre Ärztin und schien zu schlafen. Die Frau streifte sich einen Regenmantel über, schlüpfte in ihre Sandalen und rannte hinaus, holte den Schimmel ein, ergriff die eine Hand der Reiterin und rief halblaut: »Frau Doktor!«

Sabina Christen öffnete die Augen, richtete sich benommen auf, und Frau Brunner erschrak ein zweitesmal. Bluse, Jacke und Hose ihrer Ärztin waren überall voller Blutflecken.

»Ho-oh!« rief Sabina Christen, und der Schimmel blieb stehen.

»Wo kommen denn Sie her?« fragte Frau Brunner und hielt die Reiterin immer noch fest an der Hand.

Diese atmete tief ein, stieg dann langsam ab und sagte: »Von einer Geburt.«

»Jesses, im Wald?«

»Etwas abgelegen, ja«, seufzte Sabina.

Fassungslos starrte Frau Brunner ihre Ärztin an. Jung war sie an ihrem Garten vorbeigegangen heute nachmittag, und jetzt waren ihre Haare aschgrau.

Sabina lockerte dem Schimmel den Sattelgurt, nahm ihn am Halfter, wendete ihn, ging mit ihm zur letzten Laterne und sagte dann: »Geh heim, Beowulf!«

41

Der Schimmel warf den Kopf in die Höhe, stieß ein kurzes Wiehern aus und ging in einem lockeren Trab auf den Wald zu.

Die beiden Frauen schauten ihm nach, bis er zu einem weißen Fleck wurde und im Wald verschwand.

»Er kennt den Heimweg«, sagte Sabina, bevor ihre Patientin eine Frage stellen konnte.

Ob sie ihr einen alten Mantel leihen und ein Taxi rufen könne, war ihre letzte Frage, dann brach sie zusammen.

Der Aufenthalt in der Rehabilitationsklinik dauerte vier Wochen. Ein Kreislaufkollaps war die Diagnose, mit Überlastungssymptomen, wohl eher psychosomatischer Art, der Arzt, der sie behandelte, empfahl ihr, die Hilfe eines Psychiaters oder einer Psychologin in Anspruch zu nehmen.

»Ich glaube, was ich brauche, ist eher ein Historiker«, sagte Sabina, die im übrigen beschloß, niemandem zu erzählen, was sie erlebt hatte. Sie wußte zu gut, daß wer so etwas erfahren zu haben behauptete, für das herkömmliche Leben verloren war. Nach genauem Studium der Landkarten im Radius eines längeren Galopps sowie eines Burgenbuches schien ihr dann, daß der Ort der schweren Geburt am ehesten die Echsenburg gewesen sein könnte; die Senke zu Füßen der Ruine hieß heute noch Mühletal.

Als sie überlegte, an wen sie sich wenden könnte, fiel ihr ihr alter Primarlehrer ein, der ihnen immer begeistert die Schweizer Geschichte erzählt hatte und in der Lage war, jede Burgruine im Labyrinth von Habsburgern, Zähringern und Kyburgern dorthin zu setzen, wo sie hingehörte.

Er freute sich, als sie ihn anrief und um Auskunft bat und fragte sie natürlich gleich, warum sie denn darüber etwas wissen wolle, worauf sie vorbereitet war und vielsagend antwortete, aus sentimentalen Gründen. Er brauchte nur eine Viertelstunde, bis er zurückrief.

»Also«, sagte er dann, »die Echsenburg, Ende des 14. Jahrhunderts nach der Schlacht von Sempach von den Eidgenossen zerstört und nie wieder aufgebaut, gehörte den Herren von Echsenburg, die mit den Frohburgern verwandt waren, und der damalige Herr war der letzte seines Geschlechts, in Sempach ums Leben gekommen, er hatte keinen guten Ruf, war wohl ein Raubritter, in einer Chronik ist er sogar abgebildet, sieht ziemlich grimmig aus, mit einem stark vorstehenden Kinn.«

»Und die Mutter? Weiß man etwas von seiner Mutter?«

Der Lehrer dachte einen Moment nach und sagte dann: »Nein. Was wissen wir schon von den Müttern?«

Die Mönchsgrasmücke

Jedes Jahr, wenn der April zu Ende ging, stand der Mann einmal im Tag auf dem Balkon und lauschte. Er bewohnte ein altes Mehrfamilienhaus in der Vorstadt, und Leute, die ihn besuchten, waren immer wieder überrascht, wieviel Bäume und Sträucher in dem Garten darum herum Platz fanden, oft fielen Ausdrücke wie »Oase« oder »verwunschen«. Als der Mann mit seiner Familie vor einem Vierteljahrhundert hier eingezogen war, war ihm bald klar geworden, daß dieser Garten mehr Zuwendung verlangte, als er aufbringen konnte, und er und seine Frau beschlossen, ihm nur eine minimale Pflege angedeihen zu lassen und ihn im übrigen seinem eigenen Wachstum anzuvertrauen, was in der Sprache der Ordnungliebenden hieß: Sie ließen ihn verwildern. Zwar pflanzten sie einen Kirschbaum, einen Zwetschgenbaum, einen Apfelbaum, ein Schattenmorellenspalier, einen Stachelbeerenbusch, aber durch das Wachsen der Hekken, der Kastanie, des Ahornbaumes und der Holunderbüsche fielen längere Schatten auf die Rosenbeete, auf denen mit der Zeit Zitronenmelisse, Waldmeister, Taubnessel und Walderdbeeren überhand nahmen.

Die Vögel wußten es zu schätzen. Blau- und Kohlmeisen besuchten die Balkone, Spatzen tschilpten im Gebüsch beim Gartentor, Buchfinken trällerten, Amseln sangen auf dem Turm, der das Haus krönte, der

Specht klopfte die Rinden der großen Birke nach Würmern ab, Rotschwänzchen turnten in deren Gezweig herum, der Kleiber lief kopfüber den Stamm hinunter, in der Krone der riesigen Buche zankten sich die Elstern mit den Krähen, und jedes Jahr, das freute den Mann besonders, war der schnelle Gesang der Mönchsgrasmücke zu hören.

Ab und zu sah er sie auch, vor allem im Frühling, wenn das Laub noch nicht so dicht war, wie sie auf der Birke zwitschernd von Ast zu Ast flatterte, mit ihrem schwarzen Fleck auf dem Kopf. Wo sie nistete, fand er nie heraus, es war ihm auch nicht so wichtig, doch Jahr für Jahr merkte er, daß er das Eintreffen der Mönchsgrasmücke wie eine gute Nachricht empfand.

Der Vogel aber wußte nichts von seinem Namen. Er wußte nur, daß er nach langen nächtlichen Flügen dort angekommen war, wo es ihn hingezogen hatte, dort, wo er sich auskannte, dort, wo er bleiben wollte.

Er begann in einem Holunderbusch ein kleines Nest zu bauen, sammelte rastlos dürre Grashalme und Waldmeisterstengel und formte sie zu einer Schale, in die er sich dann setzte und sang, so laut es ging. Als er trotz seiner Lockrufe allein blieb, begann er im selben Busch ein zweites Nest zu bauen, ebenso rasch wie das erste, und ebenso vorläufig. Zwei Tage lang sang er abwechselnd aus dem einen und dem andern Nest, flog einmal sogar zuoberst auf die Birke, um sicher gehört zu werden, und dann bekam er frühmorgens eine Antwort, von irgendwoher zwischen den Dächern, er flatterte von einem Nest zum andern, ständig rufend, und auf einmal stand auf einem Zweig zwischen den Nestern ein Weibchen und blickte ihn an.

Als es wenig später zur Birke flog, flog ihm der Vogel nach, setzte sich auf den Ast über dem Weibchen, sang, so schön er konnte, flog wieder zum Holunder mit seinen zwei Nestern, flog dann zurück zur Birke, doch da war das Weibchen verschwunden. Beharrlich sang der Vogel weiter, und am Abend fand sich das Weibchen wieder ein, setzte sich zwischen die zwei Nester und wartete. Der Vogel richtete sich hoch auf und schmetterte seine wechselvollsten Melodien, erhob sich in die Luft, blieb flatternd über dem einen Nest stehen, hängte sich dann mit den Füßen kopfunter an einen Zweig und blickte das Weibchen an.

Als der Morgen dämmerte, stellte sich das Weibchen auf den Nestrand, duckte sich, schwirrte mit seinen Flügeln und pfiff leise. Der Vogel stürzte sich auf das Weibchen und ließ seinem Drang freien Lauf, und als es sich etwas später wieder bereit machte für ihn, tat er nochmals dasselbe, und danach noch einmal, bis sich das Weibchen entfernte und die Umgebung absuchte, immer gefolgt vom Vogel. Schließlich zog es enge Kreise über einer Thujahecke, schlüpfte hinein, ließ sich auf einer Astgabel nieder und sprang auf deren Zweigen hin und her. Dann flog es auf den Boden des Gartens und kehrte mit einem dünnen Stengel wieder zurück, den es auf die Astgabel legte. Da wußte der Vogel, daß das der Brutplatz war, und begann seinem Weibchen beim Bau des Nestes zu helfen.

Ein Tag verging, eine Nacht verging, noch ein Tag verging, und noch eine Nacht, ein weiterer Tag, eine weitere Nacht, und das Nest war fertig. Weich und zierlich hing es in der Astgabel, seine äußersten Halme waren mit den Ästen verwoben. Bei Tagesanbruch setzte sich das Weibchen hinein, und als es wieder wegflog, lag ein Ei im Nest. Jeden Morgen kam nun ein neues Ei dazu, bis keines mehr Platz hatte.

Ab jetzt saß fast immer eines der beiden Tiere auf dem Nest, während das andere in der Umgebung von Baum zu Baum flog und Insekten, Käfer und Raupen aufpickte oder sich Fliegen und Falter im Flug schnappte. Wenn das Weibchen wegflog und dem Vogel das Nest überließ, wendete er die Eier mit dem Schnabel, bevor er sich darauf setzte. Er mochte nicht so lange auf dem Gelege sitzen wie das Weibchen und machte sich manchmal bald wieder davon, gab dem Weibchen mit seinem Gesang zu verstehen, daß er das Nest verlassen hatte, aber dieses ließ sich Zeit mit der Rückkehr. Einmal, als es zurückkam, saß eine Elster auf der Thujahecke. Das Weibchen schimpfte sie mit lautem Gezeter aus, wenig später gesellte sich auch der Vogel dazu und stimmte mit ein, fächerte seine Schwanzfedern, schlug mit den Flügeln, hüpfte sogar auf die Elster zu, bis sich diese unwillig keckernd von der Hecke erhob und zur Buche hinüber flog. Sie wäre wohl ohnehin zu groß gewesen, um an das gut versteckte Nest im engen Gezweig heranzukommen. Der Vogel und sein Weibchen, aufs höchste erregt, schlüpften beide zum Nest, in dem keines der Eier fehlte.

»Heute hatte ich das Gefühl, es habe Aufregung gegeben bei den Vögeln«, sagte die Frau am Abend zu ihrem Mann, »aber ich weiß nicht, was es war. Ich habe bloß noch eine Elster wegfliegen sehen.«

»Hoffentlich ist den Mönchsgrasmücken nichts passiert«, sagte der Mann.

Den Mönchsgrasmücken war nichts passiert, und ihre melodischen Rufe waren weiterhin zu hören. Das war das einzige Mal, daß das Gelege während der Brutzeit in Gefahr war, weder Marder noch Mäuse fanden den Weg den Stamm hinauf.

Die Jungvögel brachen, als ihre Zeit gekommen war, einer nach dem andern die Schale mit ihrem Eizahn auf und lagen mit geschlossenen Augen als federlose Klumpen mit zwei stumpfen Ärmchen, die einmal die Flügel werden sollten, über- und unter- und nebeneinander. Aber wenn der Vogel und sein Weibchen nun zum Nest kamen, reckten sich alle fünf Kleinen empor und sperrten die Schnäbel weit auf, so daß ihre blutroten Rachen zu sehen waren. Diese Rachen, das wußte der Vogel und das wußte sein Weibchen, diese Rachen galt es zu stopfen, und für sie beide begann jetzt eine strenge Zeit. Die Mücken, Fliegen, Räupchen, Blattläuse, Spinnen und Asseln, die sie bisher für sich selbst erbeutet hatten, brachten sie nun ins Nest und steckten sie ihren zitternden und fiependen Jungen in die offenen Schnäbel, sie kamen auch immer öfter mit Beeren zurück, die sie den Kleinen verabreichten. Wenn diese sie nicht hinunterwürgen konnten, nahmen sie sie wieder heraus und verschluckten sie selber. Nachts setzte sich entweder der Vogel oder sein Weibchen auf die Jungen und gab ihnen warm.

Schon bald wuchs den nackten Kleinen ein Feder-
flaum, schon bald öffneten sie ihre Augen, schon bald
hüpften sie aus dem Nest, und schon bald fiel eines
hinunter und wurde von einer Katze aufgefressen. Die
andern wurden dicker und saßen nun tagsüber tatenlos
und ängstlich auf den Zweigen neben dem Nest, in das
sie am Abend wieder zurückkehrten. Sie lernten fliegen, aber immer noch suchten die Eltern von morgens
früh bis abends spät die Umgebung nach Eßbarem ab
und verfütterten es ihren nimmersatten Jungen. Dabei
sangen sie fast ununterbrochen, so wußten die Jungen
immer, wo sie gerade waren. Schließlich begannen sich
diese zu streiten, rupften sich gegenseitig am Gefieder
und pickten sich in den Hintern, bis sie nicht mehr in
der Geborgenheit des Nestes zusammen blieben. Eines fiel beim ersten Versuch, vom Rand des kleinen
Springbrunnenbeckens zu trinken, ins Wasser und er-
trank.

»Heute habe ich einen toten jungen Vogel aus dem
Becken gezogen«, sagte die Frau zum Mann.

»Was für einen?« fragte der Mann.

»Ich weiß es nicht«, sagte die Frau, »ich hab ihn
gleich in eine Plastiktüte gesteckt und in den Abfall-
sack geworfen.«

»Vielleicht ein Spatz«, sagte der Mann.

»Kann schon sein«, sagte die Frau.

Die Jungen zogen nun weitere Kreise, wurden aber
von den Eltern noch nicht aus den Augen gelassen. Oft
führten diese sie zu einem Ort, wo reichlich Futter vor-

handen war. Der Kirschbaum etwa war ein solches Ziel, an dem sich die ganze Vogelfamilie gemeinsam erlabte. Er wurde auch von Amseln, Finken und Meisen aufgesucht, so daß an manchen Tagen der Eindruck entstand, der Baum zwitschere.

»Viele Kirschen sind angepickt dieses Jahr«, sagte die Frau, als ihr Mann seine Ernte auf den Tisch schüttete.
»Mich nimmt wunder, wie viele Vögel wir damit ernähren«, sagte der Mann.
Er hatte weder Zeit noch Geduld, tagelang den Baum und dessen Gäste zu beobachten, sonst hätte er die Mönchsgrasmücken bestimmt einmal gesehen.

Die Familie löste sich nun langsam auf, die Jungvögel tauschten ihr Nestlingsgefieder in ihr erstes richtiges Federkleid, und ihre ersten kleinen Gesänge erklangen. Auch der Vogel und das Weibchen mauserten, und langsam wuchs ihnen ihr Herbstkleid. Alle wußten sie, daß sie soviel wie möglich fressen mußten, mehr als ihnen der reine Hunger befahl, und zu der reichen Ernte an Insekten kam eine ebenso reiche Ernte an Beeren, die sich im Efeu, im Holunder, an Brombeerstauden und anderen Sträuchern fanden.
Der Vogel sorgte jetzt nur noch für sich selbst. Das Weibchen war ihm gleichgültig geworden, das Brutnest suchte er kaum mehr auf, und wenn, dann fand er sich dort allein. Ab und zu setzte er sich hinein, um zu schlafen, machte dann seinen Körper schwer, bis die Beine in ihm versanken, und steckte den Kopf unter einen Flügel. Seine Jungen sah er nur noch gelegentlich,

51

aber er hatte nichts mehr mit ihnen zu tun. Einmal war er mit einem von ihnen wegen einer Brombeere, auf die sie es zur selben Zeit abgesehen hatten, in Streit geraten. Er hatte dann sein Junges wiedererkannt, hatte ihm aber die Beere nicht überlassen.

Die Tage wurden kürzer, und die Gesänge des Vogels auch. Er wurde jetzt unruhiger, denn er wußte, daß es nicht mehr lang ging bis zur Abreise.

»Ich wüßte gerne, wo unsere Mönchsgrasmücke den Winter verbringt«, sagte der Mann zu seiner Frau.

»Vielleicht in Tunesien«, sagte die Frau.

»Würdest du Tunesien finden, wenn du dort überwintern müßtest?«

»Ohne dich kaum«, sagte die Frau und lachte.

In einer klaren Nacht wußte der Vogel, daß er aufbrechen mußte. Er erhob sich aus dem Holunderbusch, flatterte auf den Birkenwipfel, setzte sich dort noch einmal auf den obersten Ast, stieß dann ab und schwang sich so hoch hinauf, wie er den ganzen Sommer nie gewesen war, und bald flog er ganz allein weit über den vielen Lichtern, die aus den Behausungen der Menschen drangen. Er kannte den Weg nicht, aber die Sterne kannten ihn, und er verstand die Sprache der Sterne, und die Erde tief unter ihm kannte ihn, und er verstand die Sprache der Erde.

Am andern Morgen sah er unter sich einen See, schwebte zu dessen Ufer hinunter und ließ sich in einem Gehölz nieder, das ins Wasser hineinragte. Dort ruhte er sich den ganzen Tag aus, vergaß aber nicht, einigemale auf Beeren- und Insektensuche zu gehen. In der nächsten Nacht und in den Nächten, die folgten, setzte er seine Reise auf dem unbekannten und doch bekannten Weg fort, seine Reise, die ihn nun in immer wärmere Gegenden brachte, er überflog Gebirge, Ebenen und Küsten, und die Tage brachte er in Flußtälern, Auenwäldern, Friedhöfen und Zypressenhainen zu, er brauchte die Tage nicht zu zählen, konnte es auch nicht, aber nachdem er eine immense Wasserfläche überflogen hatte, waren seine Kraft- und Fettvorräte aufgezehrt, und der Vogel wußte, daß er angekommen war.

Daß er in Nordafrika war, wußte er nicht, er wußte nur, daß er in der Parkanlage der großen Stadt und den vielen Olivenbäumen auf den Hügeln dahinter genügend Nahrung finden würde, um die Zeit bis zu seinem Heimflug zu überstehen. Und so erholte er sich von seiner langen Reise, suchte alles, was grün war, nach Beeren, Käfern und Larven ab, kam langsam wieder zu Kräften, putzte sein Gefieder ausgiebig, wenn er auf dem Rand des großen Springbrunnens saß, um zu trinken, ließ die milde Winterwärme in seinen kleinen Körper einströmen, entkam den Angriffen von Sperbern, Mauswieseln und streunenden Katern, begann allmählich wieder über den Hunger hinaus zu fressen, wurde dadurch fetter, mauserte sich erneut, bis seine Flügeldecken frisch waren und er sich gerüstet fühlte für den Heimflug.

Er wußte, wann die Zeit dafür gekommen war. In der Abenddämmerung erhob er sich von der höchsten Palme des Parks und vertraute sich der Führung der Sterne und der Erde an. Wieder überflog er die immense Wasserfläche, wieder zog er nachts über Küsten, Ebenen und Gebirge, wieder rastete er tagsüber in Zypressenhainen, Friedhöfen, Auenwäldern und Flußtälern, und wieder suchte er den Brutplatz, der ihm vom letzten Mal her vertraut war.

Als er eines Morgens ermüdet im Gehölz des Sees niederging, wußte er, daß dies seine letzte Rast vor der Ankunft sein würde. Den Waldkauz, der dort mit seinem scharfen Schnabel auf ihn lauerte, sah er nicht.

Die Frau trat auf den Balkon zu ihrem Mann, der schon länger dort stand, besorgt, wie ihr schien.

»So, morgen heiratet also unser Sohn«, sagte sie und legte den Arm um ihn, »freust du dich denn nicht?«

Das Denkmal

Der Kaffee war bezahlt.

Der ältere Herr mit dem Aktenköfferchen und dem grauen Schnurrbart, der ihn getrunken hatte, stand vor dem Restaurant auf der Paßhöhe und verspürte keine Lust, in sein Auto zu steigen, es blieb ihm noch weit über eine Stunde bis zu seiner nächsten Verabredung. Als Schadenexperte für die Armee hatte er zu beurteilen, ob gesprungene Fensterscheiben von Überschallknallen herrührten oder nicht oder ob die Entschädigungsforderung eines Bauern wegen Panzerfahrten durch seine Äcker anzuerkennen waren, und in Andermatt, wo er sich jetzt hinbegeben sollte, ging es um einen Erdrutsch, der angeblich durch ein verirrtes Artilleriefeuer ausgelöst worden sein sollte, eine größere Sache mit mehreren Beteiligten, da achtete er auf pünktliches Erscheinen, weder zu spät noch zu früh.

Sein Blick traf auf eine Tafel mit einer Wanderkarte am Rand des Parkplatzes. In der Hoffnung, einen Tipp für einen kurzen Spaziergang zu finden, trat er zu ihr hin, suchte darauf die nähere Umgebung ab und stutzte. Baumberger-Denkmal, las er, Rundweg, 1 h 15 min. Baumberger war sein eigener Name, Rudolf Baumberger, und noch nie hatte er von einem solchen Denkmal gehört. Dieses befand sich offenbar auf dem Berghügel oberhalb der Paßhöhe, und sofort wußte er, daß er da hinwollte. Durch die Zeitangabe fühlte er sich herausgefordert; er merkte sich die Höhenangaben, und während er einem Seniorenbus auswich, der in die Parkfläche einbog, rechnete er für sich aus, daß er für den Hügel hin und zurück höchstens eine Stunde brauchte, plus zwanzig Minuten Autofahrt nach Andermatt, wo er sich in anderthalb Stunden am Bahnhof einfinden sollte, so blieben ihm immer noch zehn Minuten Spielraum. Er überquerte die Paßstraße und nahm den Pfad unter die Füße, auf den ihn der gelbe Wanderwegweiser leitete. Sollte er in vierzig Minuten nicht oben sein, nahm er sich vor umzukehren. Da er während seiner Tätigkeit öfters Wege und Straßen verlassen mußte, war er immer mit starkem Schuhwerk ausgerüstet. Zwar sah das Wetter nicht einladend aus, ziemlich bewölkt mit Nebelfetzen, die an den Berghalden hingen, es waren sogar, wie er im Autoradio gehört hatte, Niederschläge vorausgesagt, aber er hatte seine schwarze Allwetterlederjacke an, und es ging ja nur um einen kurzen Spaziergang. Erst nach einer Weile merkte er, daß er nicht einmal sein Aktenköfferchen mit den Unterlagen ins Auto gelegt hatte, sondern es immer noch in der rechten Hand trug, er war also gewissermaßen dienstlich unterwegs.

Im Gehen überlegte er, was für ein Baumberger hier zu einem Denkmal gekommen sein könnte. Vielleicht war er einer der Flieger der ersten Stunde gewesen, ein Alpenüberquerer wie Blériot oder Mittelholzer, aber eigentlich kam ihm keine sichere Geschichte dazu in den Sinn. Und von einem Flieger Baumberger hätte er, da er ebenfalls so hieß, doch einmal etwas gehört. War er, falls es ihn denn gegeben hatte, abgestürzt, oder war er der erste, dem ein bestimmter Flug gelungen war, vielleicht eine Längsüberquerung der Alpen, oder wie hatte er es zu diesem Denkmal gebracht? Er spähte nach oben, es war noch nicht in Sicht.

Er hatte die Talstation einer militärischen Seilbahn passiert, die Teil der Gotthardbefestigung war und deren Drahtkabel mit den gelben Schutzkugeln in den Wolken auf der andern Seite der Paßhöhe verschwanden. Er wußte nicht, ob die Anlage dort oben, die wohl der Fliegerbeobachtung diente, noch gebraucht wurde oder ob sie, wie der größte Teil der Zentralschweizer Anlagen, schon stillgelegt war, als Antwort auf die immer höheren Unterhaltskosten und das immer diffusere Bedrohungsbild. Tatsächlich mußte sich auch Baumberger eingestehen, daß er nicht zu sagen vermöchte, weshalb einer fremden Macht mehr an der Beherrschung des Oberalppasses gelegen sein sollte als an der Einnahme von Zürich, Bern oder Genf.

Er kam gut vorwärts und erreichte einen kleinen Sattel. Ein Wegweiser pries ihm die Orte Rueras und Sedrun an. Sein Ziel aber war der Baumberger-Hügel, der den Namen Piz Calmot trug und zu dem ihn der Pfeil nach rechts schickte.

Der Weg stieg jetzt stärker an, es war eine Fahrstraße, auf beiden Seiten des Hügels gab es Skilifte, deren Bergstationen wohl mit einem Geländefahrzeug erreichbar sein mußten. Baumberger war durch seinen zügigen Schritt ins Schwitzen gekommen, zog seine Jacke aus und trug sie am Zeigfinger über der linken Schulter. Mit einer gewissen Befriedigung bemerkte er, daß sich eine Wolkenbank zwischen ihn und die Paßhöhe geschoben hatte, aus welcher die Motorengeräu-

57

sche nur undeutlich heraufdrangen, so daß er das Gefühl hatte, weitab von allem zu sein.

Die ständig steigenden Kosten und die ständig sinkenden Mittel, das war anfangs nicht viel mehr als ein Gerücht gewesen in der Verwaltung, ein Gerücht, das sich mit Sätzen wie »Wenn das so weitergeht« tarnte. Baumberger hatte seine Stelle vor über 20 Jahren angetreten, das war eine Zeit, in welcher die Armee noch in keiner Weise in Frage gestellt war und die Reserven der Kriegskasse unerschöpflich schienen. Doch dann kam die Volksabstimmung über die unverschämte Frage, ob man die Armee abschaffen solle, und diese Frage war von 36% der Bevölkerung mit JA beantwortet worden. Baumberger erinnerte sich noch gut, wie sie sich alle am andern Morgen fast verlegen gegrüßt hatten. Dabei war das Resultat ein klares NEIN gewesen, 64% sind in dieser Demokratie eine schon fast erdrückende Mehrheit. Dennoch hatten die Militärabschaffer ihre Niederlage gefeiert wie einen Sieg. Seither gab es in der Diskussion um die Armee keine Tabus mehr, seither durfte man sich öffentlich Gedanken darüber machen, ob man ein Heer nicht besser bei einer internationalen Sicherheitsfirma leasen sollte, ohne daß man deswegen als ein Verrückter oder ein Landesverräter angesehen wurde, seither machte man mit den Österreichern zusammen Manöver, die Flieger trainierten in Norwegen, wo sie nicht nach 5 Minuten schon an der Landesgrenze umkehren mußten, und russische Kadetten marschierten mit Schweizer Infanteristen im Gedenken an General Suworow über den Kinzigpaß, und vor allem wurde seither das Budget fast jedes Jahr gekürzt. Letzthin hatte man ihm doch tatsächlich nahegelegt, bei der Anerkennung von Schadenfällen strengere Maßstäbe anzulegen und die Klagenden öfters auf den Prozeßweg zu verweisen, den sie in der Regel wegen des Aufwandes scheuten, gerade wenn es um nicht allzu bedeutende Beträge ging. Und wieder gingen Gerüchte um, sie kleideten sich in den Satz »Man denkt jetzt daran«, und dann folgte z. B. die Vermutung, man werde den ganzen Versicherungsbereich auslagern und privatisieren.

Rohre ragten aus dem Boden, einbetonierte, oben verschlossene Rohre, und Baumberger wußte nicht, gehörten sie zu einer militärischen oder sportlichen Einrichtung, auch einen Metallkasten, der unvermutet hinter einem Alpenrosenhügel stand, konnte er nicht zuordnen. Die Kehren der Fahrstraße waren ihm zu lang, und er nahm das erste Abkürzungsfußweglein, das steil zur nächsten Wegschlaufe hinaufführte. Am Horizont war nun die Bergstation eines Skilifts zu sehen, aber ein Denkmal konnte er noch nicht erkennen.

Er hatte das Gefühl, er sei nicht schlecht unterwegs. 30 Minuten Marschzeit, sagte ihm seine Armbanduhr, und er war gut gestiegen, so daß er in 10 Minuten auf dem Kulm sein müßte. Als er in der nächsten Kurve nach oben schaute, sah er nur noch Wolken, ein grauweißes, schleierndes Gewebe, das die Sicht auf ein paar wenige Meter einschränkte. Aber der Fußpfad, der von der Kurve gerade den Abhang hinaufging, mußte die nächste Abkürzung sein, da gab es keinen Zweifel. Also stieg er auf diesem weiter bergan. Solange es aufwärts ging, war er ohnehin auf dem richtigen Weg, und sonst konnte er ja wieder zurück. Bevor die 40 Minuten um waren, die er sich gesetzt hatte, wollte er jedenfalls nicht umkehren.

Von weither war eine helle Glocke zu hören, und er fragte sich, wohin sie gehören mochte. Ihr Geläute traf ihn eigentümlich stark, bis er merkte, daß es ihn an die Kapelle erinnerte, in der er geheiratet hatte. Seine Frau war vor einigen Jahren an einem viel zu spät diagnostizierten Krebs gestorben, und er hätte nie gedacht, daß er sie derart vermissen würde, es schien ihm sogar, er habe sich erst nach ihrem Tod in sie verliebt. Ihre einzige Tochter lebte in Kanada, war dort mit einem Piloten verheiratet und hatte zwei kleine Kinder. Seit das Telefonieren so billig geworden war, rief Baumberger sie jede Woche einmal an, meistens am Sonntag. Es schmerzte ihn, daß sie so weit weg war, sein Schwiegersohn war ihm nicht besonders sympathisch, und insgeheim hoffte er, seine Tochter würde sich früher oder später scheiden lassen und käme mit den Enkelkindern in die Schweiz zurück, spätestens bei seiner Pensionierung.

Er hatte auf der Abkürzung eine weitere Kurve der Fahrstraße erreicht und suchte den nächsten Pfad, um ihn mit federndem Schritt anzugehen. Es lohnte sich, daß er fast jeden Abend eine halbe Stunde auf seinem Hometrainer zubrachte. Das Gerät stand vor dem Fernsehapparat, und meistens schaute er sich während des Tretens die Tagesschau an. Der einzige Nachteil dabei war, daß er sich keine Notizen mehr machen konnte. Seit dem Tod seiner Frau konnte er sich nichts mehr merken, was in den Nachrichten gesagt wurde, er starrte gewöhnlich nur auf die Bilder, die unseligerweise jede Meldung begleiteten. Wenn von Verhandlungen berichtet wurde, musterte er die Kleidung und die Frisuren der Beteiligten, und wenn er sich vergegenwärtigen wollte, worum es in den Verhandlungen eigentlich ging, war der Beitrag schon vorbei. Es fehlten ihm die Gespräche, es wurde ihm klar, daß eine Neuigkeit bei ihm erst zu einer Neuigkeit geworden war, wenn er sie seiner Frau erzählt oder sie mit ihr besprochen hatte. Deshalb hatte er ein Notizheft zum Sessel vor dem Fernsehapparat gelegt, um sich Stichworte zu notieren, die er nach der Tagesschau nochmals laut in den leeren Wohnraum sprach, Ärzte kritisieren das neue Tarifsystem, Arbeitslosenzahlen leicht gestiegen, neues Selbstmordattentat in Israel, Militärhelikopter gegen Felswand geprallt, zwei Schwerverletzte. Sogar eine solche Nachricht mußte er sich aufschreiben, damit er am nächsten Morgen nicht überrascht war, wenn seine Kollegen von der Leben-Abteilung davon sprachen. War er aber am Treten, unterbrach er seinen Rhythmus nicht gern, besonders wenn er einen härteren Widerstand eingeschaltet hatte, 8 oder 9. Eigentlich, und diese Einsicht erschreckte ihn, eigentlich war es ihm gleichgültig, was in der Welt geschah, denn er fühlte sich nicht mehr als Teil davon, wenigstens nicht als Teil der handelnden Welt.

Da er keinen weiteren Abkürzungspfad gefunden hatte, war er einfach den weglosen Hang hinauf gegangen, über Grashügel und Heidelbeerstauden. Nun war der Nebel so dicht geworden, daß er nicht sehen konnte, ob er wirklich auf eine Schlaufe der Fahrstraße zuging oder ob diese nicht vielleicht einen anderen Verlauf nahm. Er hielt einen Moment inne und fand es dann klüger, wieder zurück auf die sichere Straße zu gehen. Also kehrte er um und ging die paar Schritte wieder hinunter. Dies kam ihm jedoch eigenartig lang vor, und er fragte sich, ob er falsch gegangen sei. Allerdings war das fast nicht möglich, er hatte sich ja bloß umgedreht und war in derselben Richtung abgestiegen. Jedenfalls war er erleichtert, als er wieder auf der Fahrstraßenkurve stand, bis er merkte, daß er eine übersprungen haben mußte, denn er fand den Pfad, den er schon einmal hoch gegangen war. Noch drei Minuten, dann waren die vierzig Minuten vorbei, und der Nebel war so undurchdringlich, daß er kaum fünf Meter weit sah. Es ist wohl, sagte sich Baumberger, es ist wohl vernünftiger, ich kehre um, und dann ging er zu seinem eigenen Erstaunen hinauf. Gut, er wollte also zu diesem Denkmal. Immerhin trug es seinen Namen, und so bald würde er hier nicht wieder vorbeikommen.

Er nahm nochmals die Abkürzung, und da die Zeit knapp wurde, verließ er die nächste Kurve an derselben Stelle und ging so rasch wie möglich bergan. Seine gute körperliche Verfassung freute ihn. Bestimmt hatte sie mit der regelmäßigen Benützung seines Treters zu tun. Ursprünglich hatte er sich das Gerät angeschafft, um etwas gegen seinen zu hohen Blutdruck zu tun. Es ärgerte ihn, daß er jeden Tag ein Medikament schlukken mußte, er sah dies als Alters- und Abhängigkeitssignal. Wenn ich entführt würde, überlegte er sich einmal, dann müßte es im Appell an die Geiselnehmer heißen, ich sei dringend auf ein Medikament angewiesen. Aber wer sollte ihn schon entführen, ihn, einen mittleren Beamten der Militärversicherung? Er hatte zu spät realisiert, daß es mit der Armee bergab ging und daß somit auch die Aufstiegschancen in höhere Stellen und Besoldungsklassen sanken und daß eine Abteilung wie die seine jeglicher Karrierenattraktivität entbehrte. In den technischen Diensten, wo es um die Rüstung ging, dort eilten die Kollegen nach wie vor mit hoch erhobenen Häuptern und wichtigtuerischen Gesichtern durch die Gänge, dort wurden immer noch Millionen umgesetzt, und die Nähe zur Wirtschaft, ihrer Betriebsamkeit und ihrer Bestechlichkeit war der Kleidung und den Agenden der Kaderleute anzusehen. Hätte er sich rechtzeitig um Versetzung und Einschulung in diese Abteilung bemüht, stünde er heute vielleicht auf einer höheren Stufe. Aber was wäre dann wirklich anders? Seine Frau wäre genau so tot, und seine Tochter genauso weit weg. Baumberger stellte fest, daß ihm auch seine berufliche Stellung inzwischen gleichgültig war.

Er hatte seine Zeitlimite um zwei Minuten überschritten, als er unter dem Mast eines Skilifts stand. Ein leichter Regen setzte ein. Baumberger ging nun auf der Spur des Lifts weiter und versuchte seinen Schritt etwas zu beschleunigen. Als er vor sich die Umrisse der Bergstation sah, verließ er das Trassee und stieg höher, dorthin, wo er den Gipfel vermutete. Immerhin blieben ihm noch seine zehn Reserveminuten, die er nun einsetzen konnte. Er versuchte auf die kleinen Felsstücke zu treten, die ab und zu aus dem Gras schauten, mußte manchmal lange Schritte nehmen und geriet ins Keuchen. Die Nässe war heimtückisch, einmal rutschte er bei einem

63

etwas gewagten Tritt aus und schlug mit dem Schienbein gegen den Stein, auf dem er ausgeglitten war. Rasch erhob er sich wieder, rieb sich einen Moment die schmerzende Stelle, spürte aber, daß er noch gut gehen konnte. Im Innehalten wurde ihm klar, daß er vorsichtig sein mußte, denn außer ihm war wohl niemand unterwegs, und schon ein verstauchter Fuß würde ihn hier in ziemliche Schwierigkeiten bringen. Trotzdem, umkehren wollte er nicht, es konnte sich wirklich nur noch um ein paar Minuten handeln, bis er das Denkmal erreichte. Allerdings ließ der Regen nicht nach, und die Sicht war miserabel. Ein kleiner Pfad, dem er nun folgte, war wohl eher für das Vieh als für die Menschen gedacht, denn er führte nicht wirklich in die Höhe, sondern begann den Hügel zu umrunden, um nach einer Weile bei einem Tümpel zu enden. Eine Ruhebank stand davor, Baumberger sah in Gedanken die Fotos, die man hier bei sonnigem Wetter von einem Picknick machen konnte, der Tümpel wurde dann zum tiefblauen Bergseelein, in dem sich womöglich noch die Dreitausender im Hintergrund spiegelten, wenn der Fotograf tief genug in die Knie ging.

Wo war er? Ein Wind war aufgekommen und brachte den Hügel zum Singen, sonst hörte er nur die Regentropfen, die auf die Oberfläche des Tümpels und auf seine Lederjacke fielen. Da war das Geläute wieder, für einen Augenblick, und dann vestummte es. Ein Motor irgendwo aus der Tiefe, aber woher? Hinter der Bank ging es nochmals leicht bergan, dort mußte doch wohl der Gipfel sein. Baumberger stellte sein Aktenköfferchen auf den Sitz und machte die oberen Knöpfe seiner

Jacke zu. Dann packte er es wieder und ging mit entschlossenen Schritten durch den Nebel hinauf. Auf einmal fiel ein Windstoß über ihn her und überschüttete ihn mit bösartigen Wassermengen. Baumberger duckte sich und versuchte sich mit der linken Hand etwas zu schützen. Er hatte keine Kopfbedeckung bei sich, und kleine Bächlein rannen nun aus seinem Bürstenschnitt über das Gesicht und in den Nacken. Er wischte sie mit dem Handrücken weg, und als er den Arm wieder sinken ließ, war er angekommen.

Da war es, das Denkmal, ein überlebensgroßes, düsteres Kreuz aus Granit, und auf dem Sockel war sein Name in Großbuchstaben eingemeißelt: BAUMBERGER. Kein Vorname, keine Jahreszahl, nur sein Name. Und auf dem untersten Sockelteil eine Inschrift: E MONTIBUS SALUS. Baumberger konnte kein Latein, und die Inschrift ärgerte ihn. Wenn etwas wichtig genug war für ein Denkmal, wieso konnte man es dann nicht auf deutsch hinschreiben? Ihm klang es seltsam fröhlich, hokus pokus montibus. Er schaute zum Kreuz hinauf, das bedrückend hoch war, und ging dann einmal um das Denkmal herum, in der Hoffnung, irgendwo eine erklärende Tafel zu finden über Baumbergers Ort des Absturzes oder des Triumphes, aber offenbar war man davon ausgegangen, daß jeder Besucher wußte, an wen das Kreuz erinnerte. An den berühmten Baumberger, nur er kannte ihn nicht. Zu Hause würde er dem sofort nachgehen, endlich konnte er das alte Schweizer Lexikon brauchen, das seine Frau in die Ehe gebracht hatte und das so viel Platz wegnahm. Der Wind stieß ihn so heftig in den Rücken, daß er sich einen Moment lang am Kreuz festhielt. Der Gesang des Hügels war in ein Geheul übergegangen.

Baumberger mußte sofort zurück. Er machte ein paar Schritte den Berg hinab, ließ sich sozusagen vom Wind den Abhang hinunterbugsieren. Es war nicht die Richtung zum Tümpel, aber dieser lag nach seinem Gefühl ohnehin auf der falschen Seite des Gipfels, auf der vom Paß abgewandten. Wann war er zum letzten Mal in einen derartigen Nebel geraten? Und in einen solchen Sturmregen? Seine Schuhe hielten nicht dicht, er spürte die Nässe in den Socken. Wo war der Viehpfad, den er zu gewinnen hoffte? Da, gleich vor ihm. Er holte zu einem langen Tritt aus, glitt auf einem Grasbüschel aus und fiel auf seinen Steiß. Sogleich stand er wieder auf, nichts passiert, aber die feuchten Grasbüschel waren Fußfallen, der ganze Hügel war von Wind und Regen nach unten gekämmt. Also möglichst auf dem Pfad bleiben. Die linke Hand schmerzte ihn, mit ihr hatte er den Sturz abgedämpft. Eigentlich müßte er nun zum Skilift kommen, das wäre, dachte er, auch eine Möglichkeit, dem Lift zu folgen, der kürzeste Weg, und man konnte sich nicht verirren.

Plötzlich war das Läuten ganz nah, und er fragte sich, wie er es für Kapellenglocken gehalten haben konnte. Das Glöcklein hing einem Ziegenbock um den Hals, der zwischen den Pfeilern des Skilifts Gestalt annahm. Die Pupillen, aus denen ihn der Bock anstarrte, kamen Baumberger riesig vor, und als er an ihm vorbei auf der Spur talwärts gehen wollte, pfiff das Tier durch die Nüstern und machte zwei Schritte auf ihn zu. »Oho«, sagte Baumberger und hob seinen Aktenkoffer als Schild vor sich, »kommst du mir so?« Aber der Ziegenbock senkte seine großen Hörner und begann mit einem der Vorderhufe zu scharren, und bei jeder seiner Bewegungen bimmelte seine Halsglocke mit. Baumberger gab den Gedanken auf, direkt in die Tiefe zu stechen, und wollte mit vorsichtigen Schritten das Trassee überqueren, doch da kam der Bock auf ihn zu, und Baumberger rannte ein Stück in die Höhe, bis er sah, daß der Bock stehen blieb. »Ist jetzt gut?« rief ihm Baumberger zu, fügte noch »Sauviech!« hinzu und schlug dann schräg am Abhang entlang die Richtung ein, in der er den Sattel mit dem Wegweiser vermutete. Bald, so rechnete er sich aus, mußte er auf die Fahrstraße kommen, und auf ihr würde er dann bleiben ohne den Versuch weiterer Abkürzungen.

Sie war aber noch nirgends zu sehen, und schon wieder rutschte er aus, als er auf eine Alpenrosenstaude trat, diesmal fiel er auf seinen Aktenkoffer. Einen Augenblick blieb er liegen und schaute mit Ärger auf die Holzstengel der Alpenrosen, die er mit den Schuhen im Sturz geschält hatte. »Verdammt«, murmelte er, »verdammt nochmal!« bevor er sich ächzend aufrappelte. Im Stehen wieder die kurze Prüfung, ob noch alles funktionierte: Außer dem schmerzenden Handgelenk war sein Körper in Ordnung. Allerdings drang ihm die Nässe langsam durch die Kleider auf die Haut, und als er auf seinen Koffer blickte, sah er, daß sich Schneeflocken darauf setzten, die sich sofort in Wasser verwandelten. Er blickte in die Höhe. Es schneite. Er blickte um sich. Es schneite aus dem grauen Nichts heraus, das ihn umgab und gegen das seine Augen keine Chance hatten.

Wenigstens hatte der Wind etwas nachgelassen. Trotzdem fröstelte Baumberger, und, was schlimmer war, er wußte nicht mehr, wo er war. So wie er glaubte gegangen zu sein, hätte er längst auf der Fahrstraße angelangt sein müssen, statt dessen sah er vor sich einen Geländebruch, der in eine schwarzglänzende Schieferrunse mündete. Hier war er auf gar keinen Fall heraufgekommen. Er blickte auf die Uhr. In fünf Minuten müßte er auf dem Parkplatz sein, wenn seine Zeitrechnung aufgehen sollte. Es war ihm klar, daß er das nicht mehr schaffen würde.

Er wußte nicht, wann er das letztemal zu spät zu einem Termin gekommen war, das mußte Jahre her sein. Vielleicht, dachte er sich, war ich zu pünktlich, zu zuverlässig, vielleicht habe ich wieder einmal eine Verspätung zu gut, die ich jetzt einziehe wie Überstunden. Vielleicht, dachte er, vielleicht machen sie sich Sorgen um mich, wenn ich nicht rechtzeitig da bin. Um ihn, das merkte er plötzlich, um ihn machte sich niemand Sorgen. Seine jüngere Schwester etwa, die mit ihrem Mann ein Pflegeheim am Thunersee leitete? Manchmal verging ein halbes Jahr, bis sie wieder etwas voneinander hörten. Seine Tochter in Kanada? Er war es, der jeweils telefonierte, nicht sie. Vielleicht sollte er sie so lang nicht mehr anrufen, bis sie sich meldete, einfach um zu sehen, ob sie ihn vermißte. Ja, so wollte er es machen, wenn er wieder zu Hause war. Aber er war noch nicht zu Hause, er war auf einem Berghügel im Kanton Graubünden, den er nur schnell hatte besteigen wollen, und er hatte im Schnee und im Nebel die Orientierung verloren.

Es ist, sagte er sich, wichtig, jetzt klar zu denken. Das erste war, seine Gesprächspartner in Andermatt zu benachrichtigen, daß er sich verspäten würde. Er öffnete sein Aktenköfferchen, nahm den Ordner mit den Unterlagen heraus und schaute sich die Nummern der Beteiligten an. Am besten versuchte er es mit dem Mobiltelefon des Offiziers vom Festungswachtkorps. Er klemmte den Ordner unter den Arm, schloß das Köfferchen und stellte es neben sich auf ein Graspolster. Sofort glitt es weiter, schlitterte ein paar Meter hinunter und blieb in einem Erlengebüsch hängen. »Scheiße!« entfuhr es Baumberger, und dann erinnerte er sich wieder an den Auftrag, den er sich selbst gegeben hatte, den Auftrag, klar zu denken. Zuerst kam der Anruf. Er merkte sich genau, wo sein Aktenkoffer lag, für den Fall, daß der Nebel noch dichter werden sollte. Dann zog er sein Handy aus der Lederjacke, schaltete es an und gab seinen Pincode ein. Sehr lange stand es nun auf »Suche«, und als es endlich einen Sender gefunden hatte, erschien das Kästchen »Nur Notruf mögl.!« Baumberger biß sich auf die Lippen. Auch das noch, ein Funkloch. Er dachte einen Moment nach und steckte das Handy wieder in die Innentasche seiner Jacke, ohne es auszuschalten. Über Notruf wollte er sich nicht in Andermatt abmelden, dieser Blamage wollte er sich keinesfalls aussetzen. Er war vielleicht in Schwierigkeiten, aber sicher nicht in Not, und er konnte schon nach wenigen Minuten wieder aus dem Funkloch heraus sein, schließlich war der Paß in der Nähe, und die Skiliftbergstation auch.

Nun mußte er seinen Aktenkoffer holen. Er nahm

den Ordner mit den Unterlagen in die linke Hand, stellte sich parallel zum Abhang, hielt die rechte Hand bereit, um sich festhalten zu können, sollte er ausgleiten. Es hatte nicht aufgehört zu schneien, und schon lag eine feuchte weiße Schicht auf Boden und Pflanzen. Behutsam setzte er Fuß vor Fuß und kam dem Erlengebüsch und seinem Koffer näher. Als er knapp davor stand und sich schon danach bücken wollte, hielt er inne, um die Situation noch einmal zu überprüfen. Es war ein Kriechbusch, auf dessen Gezweig sein Koffer lag, und zwischen den Erlenblättern hindurch konnte er eine naßglänzende Schieferhalde erkennen, die steil in die Tiefe ging. Aufpassen, Baumberger, einfach gut aufpassen. Er lehnte den Ordner an die dünnen Stämme. Dann kniete er nieder, faßte einen starken Erlenast, der in seine rechte Hand paßte, vertraute ihm sein Gewicht an und angelte mit der linken Hand nach seinem Koffer. Sofort löste sich das Gebüsch aus dem weichen Boden, und Baumberger kollerte die Schieferhalde hinunter, ohne den Ast loszulassen, die Zweige des Buschs schletzten ihm ins Gesicht, er selbst überschlug sich zwei- oder dreimal, bis ihn ein kleiner Absatz auffing. Benommen blieb er liegen, und erst als er sicher war, daß der Absatz nicht nachgab, versuchte er sich aus dem Gestrüpp zu befreien und aufzurichten. Er bewegte seine Hände und Füße einzeln und hatte das Gefühl, sie seien alle noch zu gebrauchen. Der Schmerz im Handgelenk war geblieben, und als er sich jetzt aufstützte und seinen Oberkörper vom Boden erhob, spürte er einen Stich auf der linken Seite.

Der erneute Versuch, klar über seine Lage nachzudenken, war niederschmetternd. Er saß in den Zweigen des Erlenstrauchs, der mit ihm den Hang hinuntergerutscht war, auf einem kleinen Absatz am Ende einer steilen Schieferrunse. Unter ihm war der Abhang genau so steil, wenn auch mit Gras bewachsen, mit Gras, auf dem sich der Naßschnee festzusetzen begann. Wenige Meter um ihn verschwand alles im Nebel. Er wußte nicht einmal sicher, auf welcher Seite des Hügels er sich befand. Sein Aktenkoffer war nirgends zu sehen, auch der Ordner mit den Sitzungsunterlagen nicht. Zu hören war nichts, nichts als der Wind, der mit wechselnder Stärke dem Hang entlang strich. Oder hatte da jemand gerufen? Baumberger horchte ins Unbestimmte hinein. Dann schrie er, so laut er konnte: »Hallo!« Er erschrak zutiefst über die Lautstärke seines Schreis und darüber, daß er geschrien hatte. Niemand antwortete. Schon das Glöckchen des Geißbocks wäre ihm ein Trost gewesen.

Er beschloß, sich nicht von dieser Stelle zu rühren, bis sich der Nebel lichten würde. Dieser Schneefall konnte ja nicht ewig dauern. Aber er fror. Er hatte geschwitzt beim Aufstieg, und nun drang die Kälte in ihn ein, über die nassen Füße, über die Hände, und auch über die Hüften, denn das Hemd und die Jacke waren ihm hochgerutscht beim Sturz. Sorgfältig stopfte er das feuchte Hemd wieder in die Hose und sah, als er damit fertig war, daß seine Hände blutig waren. Er mußte sich wohl geschürft haben. Erst als er nun sein Taschentuch hervorzog und die Handflächen damit reinigte, merkte er, wie diese ihn brannten. Ein tiefer Kratzer ging über die linke Hand, ein Schnitt fast, und mehrere

Schürfspuren über die rechte. Er drückte das Taschentuch auf die Wunde. Dann zerknüllte er es, hielt es mit der linken Hand fest und tastete mit der rechten Hand die schmerzende Stelle an der Brust ab. Die untersten zwei Rippen reagierten heftig auf den kleinsten Druck. Möglicherweise waren sie gebrochen.

Nun suchte Baumberger sein Handy in der Brusttasche. Zu seiner Erleichterung war es noch da, aber es zeigte ihm immer noch dasselbe Kästchen wie vorhin, »Nur Notruf mögl.!« Also, sagte er sich, also jetzt in Gottes Namen ein Notruf, tippte die Nummer 117 ein und drückte die YES-Taste. Im Kästchen erschien die Schrift »Verbinden 117« und gleich danach »Nur Notruf mögl.!« Er traute seinen Augen nicht. »Dies *ist* ein Notruf!« schrie er sein Gerät an und wiederholte den Vorgang, aber er wußte schon, daß sich nichts ändern würde. Oft genug hatte er erfahren, daß ihm die Apparate der heutigen Zeit feindlich gesinnt waren und daß sie ihn schamlos belogen und betrogen.

Vorsichtig atmete er tief ein und rief dann so laut er konnte: »Hilfe!« Er schauderte. Noch nie in seinem Leben hatte er dieses Wort gerufen, und er konnte fast nicht glauben, daß es jetzt am Platz war. Es blieb ärgerlich still danach. Ihm schien, die Vokale gäben zu wenig her, und beim nächsten Ruf schrie er wieder »Hallo!« mit einem langen A und einem langen O. Aber eine Antwort blieb auch jetzt aus.

Er hatte Durst. Die Rösti, die es in Sedrun zur Bratwurst gegeben hatte, war zu salzig gewesen. Ob irgendwo in der Nähe ein Bach zu hören war? Nein, nichts. Nur der Wind, unermüdlich. Neben ihm auf dem Absatz war eine Alpenrosenstaude, auf deren Blättern schon eine weiße Schicht lag. Baumberger beugte sich langsam vor und versuchte den Schnee von den Blättern zu schlürfen, aber es löschte den Durst nicht mehr als Bierschaum. Und wenn er nun die Nacht hier verbringen müßte? »Hallo!« schrie er plötzlich und laut, »Hallo, Hilfe!« Keine Antwort. Er durchsuchte mit der rechten Hand die Hosen- und Jackentaschen auf der rechten Seite sowie die linke Brusttasche, dann machte er dasselbe mit der linken Hand, was wegen des Schmerzes im Gelenk und der blutenden Wunde mühsamer war. In der Brusttasche seines Hemdes fand er einen Würfelzucker, den er aus dem Paßrestaurant mitgenommen hatte. Er trank den Kaffee ohne Zucker, und jedesmal nahm er den Zucker mit, der dazu serviert wurde. Wenn er zu Hause einem Besuch Kaffee anbot, stellte er einen großen runden Glasbehälter mit Zuckersäckchen und -päckchen hin. Seit seine Frau gestorben war, quoll das Glas fast über, trotzdem ließ er nicht von seiner Gewohnheit ab. Achtung, sagte er sich jetzt, Achtung, Baumberger, das ist also dein Proviant.

Nochmals nahm er sein Mobiltelefon hervor, nochmals wählte er die 117, nochmals behauptete das Gerät, es verbinde ihn mit 117, und nochmals verhöhnte es ihn mit der Aussage, es sei nur ein Notruf mögl. »Dreck«, stieß er hervor, »elender Dreck«, und dann brüllte er wütend »Hallo! Hilfe!« und zog auch das I und das E bis zur Atemlosigkeit in die Länge. Er mochte gar nicht hinhören, ob es eine Reaktion gab, und überlegte, ob er sich, um in die Nähe der Straße und damit in die Nähe einer Funkverbindung zu gelangen, nach links oder nach rechts zu bewegen hätte, und er mußte sich eingestehen, daß er es nicht wußte. Das Beste würde sein, so lange nach oben zu gehen, bis er wieder beim Denkmal war, und dann die Fahrstraße zu suchen. Noch besser wäre es allerdings, das Wetter würde so aufklaren, daß er die Fahrstraße schon von hier aus sah. Wie er allerdings den äußerst abschüssigen Schieferhang wieder hinaufkommen sollte, war ihm nicht klar, doch vielleicht war ja das Gelände auch unmittelbar unter ihm sanft auslaufend, so daß er ohne Risiko direkt absteigen könnte. Wenn nur erst einmal der Nebel weg wäre.

Aber der Nebel blieb. Und so blieb auch Baumberger dort, wo er war. Etwa alle fünf Minuten schrie er seinen Hilferuf ins graue Nichts, das ihn umgab und aus dem auch nicht das entfernteste Geräusch eines Motors drang. Mit dem Ruf wechselte er jeweils seine Stellung. Wenn er auf den Zweigen der Erle gesessen war, stand er auf, und wenn er gestanden war, setzte er sich. Im Stehen versuchte er seine Arme und Beine ständig leicht zu bewegen, während er im Sitzen nur die Finger aneinander rieb. Das Warten ermüdete ihn, und die Schmerzen an den Rippen und der Hand nahmen zu. Nie hätte er gedacht, daß es so lange schneien würde, der Wetterbericht hatte einfach von möglichen Niederschlägen gesprochen, statt die Leute zu warnen. Langsam verschwand das Grün des Grases und das Grau der Schieferrunse unter dem Weiß des Schnees. Wenn genügend Neuschnee lag, würde er eher besser bergauf gehen können als auf dem rutschigen Schiefer und dem nassen Gras. Als am späteren Nachmittag immer noch nicht auf seine Hilferufe reagiert wurde und der Schneefall nicht aufhörte, wurde Baumberger klar, daß er sich in ernsthafter Gefahr befand. Er war am ganzen Körper naß, es fror ihn erbärmlich, und in den Zehen des rechten Fußes hatte er das Gefühl verloren. Da beschloß er, einen Ausbruchversuch zu machen. Er schleckte seinen Zuckerwürfel langsam auf, um sich etwas zu stärken, und ließ eine Hand voll Schnee im Mund zergehen. Dann brach er sich zwei Äste aus dem Erlenbusch ab, benutzte sie als Stöcke und begann Tritte in den Schnee zu stampfen, einen nach dem andern, und langsam den steilen Hang hinan zu steigen. Es ging besser, als er erwartet hatte. Tatsächlich hatten seine Füße nun einen gewissen Halt. Baumberger war beglückt von der Aussicht, aus seiner Falle herauszukommen, und begann seine Schritte zu beschleunigen, so gut es ging. Keuchend steckte er seine Stöcke in den Schnee, aufwärts, sagte er sich, ich muß einfach aufwärts, bis zu meinem Denkmal.

Als der Schnee auf einmal unter ihm nachgab und er seine ganze Spur wieder hinunterrutschte, konnte er sich auch auf dem Absatz nicht halten und schlitterte, sich überdrehend und auf Felsen aufschlagend, weiter hinunter, endlos lang, wie ihm schien, bis er von einem Tännchen aufgefangen wurde. Benommen blieb er auf dem Rücken liegen. Sein Kopf schmerzte, als sei ein fremdes Wesen in ihn eingedrungen. Er wollte sich aufrichten, aber irgendein unsichtbarer Riese drückte ihn nieder. Er begann zu weinen, haltlos. Dann rief er den Namen seiner Frau: »Annemarie!«

Als er wieder erwachte, war der Nebel verschwunden. Der Vollmond war soeben aufgegangen und verbreitete sein blasses Licht. Baumberger sah sogleich, daß er nur wenige Meter von einer Fahrstraße entfernt war, und auf der Straße kamen langsam und fast lautlos zwei Scheinwerfer näher. Es gelang ihm überraschend gut, aufzustehen und die paar Schritte durch den Schnee zur Straße zu gehen. Ein Kleinbus fuhr auf ihn zu. Baumberger machte ihm Zeichen, und der Wagen hielt an. Am Steuer saß eine Frau. Als Baumberger die Tür öffnete, um zu fragen, ob sie ihn mitnähme, erschrak er. Das konnte doch nicht sein.

»Du?« fragte er ungläubig, »du bist doch –«

»Ja«, sagte sie, »da bin ich.«

Baumberger suchte nach einem Grund, daß sie es nicht sein könne.

»Du kannst doch gar nicht Auto fahren«, sagte er, »und ein Bus..«

»Es ist der Montibus«, sagte sie lächelnd, »steig ein, Lieber, du hast sicher viel zu erzählen.«

Die Rechnung

Geschichten haben die verschiedensten Ausgangspunkte. Eine zufällige Begegnung, ein falsches Wort, eine unüberlegte Tat, eine Verspätung können den Eintritt in ein Labyrinth bedeuten, aus dem fast nicht mehr herauszufinden ist, sie können ebensogut ins Glück führen wie ins Unglück, sie können Menschen zusammenbringen und andere trennen, und wer in ihre wie immer gearteten Folgen hineingerät, wird oft über die Ursachen rätseln, ohne eine Antwort zu finden.

Diese Geschichte fängt damit an, daß sich jemand beeilen mußte.

Es war eine Lehrerin, Natalie Schaub mit Namen, Anfang 30, und sie wollte zu einem Elternabend. Vom 1. Stock des alten Miethauses, das sie bewohnte, war sie schon zur Haustür hinuntergegangen und war dann nochmals umgekehrt, als sie gesehen hatte, daß draußen ein Schneeregen niederging. Oben hatte sie ihre leichte Jacke gegen den warmen, gefütterten Regenmantel eingewechselt, den sie vor wenigen Tagen gekauft hatte, um sich gegen die kommende kältere Jahreszeit zu wappnen. Sie hatte ihn noch nicht zugeknöpft, als sie schwungvoll ins Treppenhaus trat, und blieb mit der Innenseite an einer spitzen Verzierung des metallenen Geländers hängen. Etwas hielt sie zurück, sie hörte das Geräusch von aufreißendem Stoff, stand sofort still und bückte sich, um das Futter vom

Geländer zu lösen. Wie dumm, dachte sie, ein Triangel im neuen Mantel, aber wenigstens an der Innenseite, das würde sie nähen können, und wenn sie Glück hatte, fiel es nicht zu sehr auf. Dann sah sie etwas Eigenartiges. Hinter dem herunterhängenden Stofflappen des Futters schaute ein Stück Papier hervor, und als sie danach griff und es hervorzog, erwies es sich als ein Briefumschlag. Das kann ja nicht sein, dachte sie, während sie ihn kurz musterte und im schlecht beleuchteten Treppenhaus eine mit Schreibmaschine getippte Zürcher Adresse darauf las, aber da sie schon zu spät war, versorgte sie ihn in der Manteltasche und beschloß, ihn erst nach dem Elternabend zu öffnen.

Nach dem Abend setzte sie sich mit einem Bergkräutertee an ihren Schreibtisch und machte sich ein paar Notizen zu dem, was besprochen worden war. Die Ansprüche der Eltern hätten unterschiedlicher nicht sein können. Die einen wünschten sich mehr Prüfungen und mehr Noten, die andern beklagten sich über die vielen Hausaufgaben und das geringe Gewicht der kreativen Fächer, wieder andere wollten wissen, warum sie die Kinder so viel in Gruppen arbeiten lasse und ob es richtig sei, daß sie fast keine Schweizer Lieder mehr lernten, während zwei Kopftuchmütter überhaupt nichts sagten und eine Kolumbianerin fragte, ob es Programme gebe, die den Kindern beibrächten, schneller zu sein.

Als sie alles aufgeschrieben und sich vorgenommen hatte, die Frage wegen des langsamen Kindes der Logopädin zu stellen, lehnte sie sich zurück, trank ihren Tee aus und stand dann auf, um zu Bett zu gehen. Da fiel ihr der Brief ein. Sie ging zum Garderobeständer, griff in die Manteltasche, nahm den Brief heraus und legte ihn auf die Tischplatte unter die Lampe. Es war ein unverschlossenes, gefüttertes Couvert, die hintere Lasche war in den Umschlag hineingesteckt, und adressiert war er mit Schreibmaschine an das Kleiderhaus Seidenbaum, Löwenstraße 40, Zürich. Zürich war unterstrichen, und das »ü« war mit soviel Druck getippt worden, daß das Papier an dieser Stelle etwas eingerissen war. Die Postleitzahl fehlte, eine Briefmarke klebte nicht darauf, Absender war keiner angegeben. Fast etwas zaghaft öffnete sie den Umschlag, entfaltete einen Briefbogen aus sehr gutem Papier, auf dem nun der Absender aufgedruckt war, Isaac Feyn, Herren-Schneiderei, Gerhardstr. 6, Zürich, Tel. 36.457. Es handelte sich, das war sofort zu sehen, um eine Rechnung, und zwar für 20 gelieferte Leinen-Anzüge, Gr. 48, 50, 52, 54, das Stk. zu 111 Fr., was ein Total von Fr. 2220.– ergab, zahlbar mit beiliegendem Einzahlungsschein. Mit einer Büroklammer, deren Rost sich auf dem Papier abzeichnete, war ein alter grüner Einzahlungsschein angeheftet, und das Ausstellungsdatum der Rechnung war der 24. Juni 1938.

Nun stand die Lehrerin auf, holte ihren Mantel, griff mit der Hand in den Riß hinein, tastete das ganze Futter von innen ab, so weit es ging, und den Rest von außen. Kein Widerstand, kein Knistern, der Brief war das einzige Papier zwischen Mantel und Futter gewesen. Sie schaute das Kleidungsstück nochmals an, ein Markenprodukt, Giorgio Armani, es gab keinen Zweifel, daß er neu war, hergestellt in diesem Jahr, in Italy sogar, wie auf der Etikette zu lesen war, wie also kam dieser Brief da hinein? Das mußte, sagte sie sich, ein Werbegag sein, ein Gewinnspiel, bei dem nächstens verkündet werden würde, wer in seinem im Modehaus »Best of« an der Löwenstraße gekauften Mantel einen Brief aus dem Jahre 1938 finde, bekomme einen Einkaufsgutschein über 1938 Franken oder irgend etwas in dieser Art. Anders konnte sich Natalie Schaub den Fund nicht erklären, und sie beschloß, die nächsten Tage abzuwarten und aufmerksam Zeitung zu lesen und Radio zu hören.

Als aber auf keinem der beiden Lokalsender, die sie ab und zu einstellte und die ihre Musikprogramme mit örtlicher Werbung streckten, ein entsprechender Spot kam und auch im »Tagblatt«, der Gratiszeitung der Stadt, keine Spur einer solchen Aktion zu entdecken war, packte sie ihren Mantel, den sie noch nicht geflickt hatte, in die Plastiktragtasche des Modehauses, legte die Kaufquittung und den Brief dazu und fuhr an die Löwenstraße. Im Laden verlangte sie den Filialleiter, einen Herrn mittleren Alters mit leicht geröteten Wangen, zeigte ihm den Mantel mit der gerissenen Stelle samt dem Brief, den sie im Futter gefunden hatte, und fragte ihn, wie er sich dazu stelle. Der Mann war höchst erstaunt und sagte ihr das, was sie schon vermutet hatte, nämlich daß sie diese Mäntel fertig geliefert bekämen und hier nicht mehr bearbeiteten. Daß am Fabrikationsort in Italien jemand einen alten Brief aus Zürich hineingeschmuggelt haben sollte, könne er sich nicht vorstellen, und ob sie sicher sei, daß dieser sofort zum Vorschein gekommen sei und ihr nicht später in den Riß hineingesteckt worden sei, als Scherz vielleicht. Nun wurde die Lehrerin ungehalten und sagte, sie könne ihrer eigenen Wahrnehmung sehr wohl trauen, und der Urheber des Scherzes, wenn es denn ein solcher sei, müsse eher auf der Seite des Modehauses und des Herstellers gesucht werden. Der Filialleiter entschuldigte sich, bat darum, den Brief behalten zu dürfen, damit er sich bei der Kleiderfabrik in Italien erkundigen könne und anerbot sich im übrigen, den Riß im Futter ohne Kosten nähen zu lassen. Die Lehrerin händigte ihm eine Fotokopie des Briefes und des Umschlages aus, die sie vorsorglicherweise gemacht hatte, denn das Original wollte sie für sich behalten. Wenn sie den Mantel abholen käme, so der Filialleiter, werde er ihr Bescheid sagen, was bei seinen Nachforschungen herausgekommen sei.

Es erstaunte Natalie nicht, als ihr der Filialleiter wenige Tage später wortreich erläuterte, daß er sich genau erkundigt habe, in welcher der lombardischen Kleiderfabriken dieser Mantel hergestellt worden sei, und daß er aus Mantua käme, von »Alberti«, das eigentlich eher ein großes Schneider-Atelier sei, das er persönlich schon auf einer seiner Einkaufstouren besucht habe. Auf seinen Anruf hin sei ihm hoch und heilig versichert worden, daß niemand jemals irgend etwas in ein Futter einnähen würde, geschweige denn einen alten Brief aus dem weit entfernten Zürich, und daß er auch in ihrer eigenen Schneiderei nachgefragt habe, ob etwa einer der »Armani«-Mäntel beschädigt angekommen sei und habe nachgenäht werden müssen, was jedoch mit Sicherheit

81

auch nicht der Fall gewesen sei. Die Sache tue ihm leid und sei ihm ganz und gar unerklärlich, der Riß sei aber tadellos genäht, so daß niemand etwas sähe, und er hoffe, daß sie von dieser Geschichte kein Aufhebens machen werde und daß ihr der Mantel trotzdem viel Freude bereite.

Die Lehrerin bedankte sich, nahm die Tragtasche mit dem Mantel an sich und verließ den Laden etwas ratlos. Wieso war es dem Filialleiter wohl so wichtig, daß sie von der Geschichte kein Aufhebens machte? Als er das sagte, hatte sie das Gefühl, er wisse noch etwas mehr, wolle aber damit nicht herausrücken. Sie überquerte die Straße, um im gegenüberliegenden Center ein paar Dinge zu kaufen, und drehte sich nochmals um. Das Gebäude, in dem sich das Kleidergeschäft befand, war ein Neubau mit einer Fassade aus Beton und Metall. Am linken Rand, der an ein altes Haus angrenzte, haftete das blaue Schildchen mit der Straßennummer. Es war die 40.

Als Natalie Schaub wieder zu Hause war, machte sie einen großen Milchkaffee, setzte sich an den Küchentisch und überlegte, was sie tun wollte. Das einfachste wäre, die Sache auf sich beruhen zu lassen und nicht mehr weiter darüber nachzudenken. Kürzlich hatten sie im Lehrerzimmer über unerklärliche Ereignisse gesprochen, und es gab erstaunlich viele davon. Wenn das nächstemal die Rede darauf käme, hätte sie wenigstens auch eines anzubieten, und schließlich ging sie die Rechnung persönlich nichts an. Trotzdem, da lag sie, wartete offenbar seit 66 Jahren auf ihre Bezahlung, und das Papier mit der rostigen Büroklammer strahlte so etwas wie Alterswürde aus. Sicher war der Schneider, wenn er damals nicht sehr jung gewesen war, schon längst gestorben.

Eine andere Möglichkeit war, daß sie herauszufinden versuchte, wer genau Absender und Adressat gewesen waren. Sie holte das Telefonbuch der Stadt Zürich und suchte den Namen Seidenbaum. Da gab es Seidenmanns, Seidenbergs und Seidenblumen, siehe Blumen, künstliche, aber keinen Seidenbaum. Auch der Name Feyn kam nicht vor. Also weder Nachfolger noch Nachkommen in der Stadt. Dann setzte sie sich an den Computer, öffnete das Internet und klickte das Telefonbuch der Schweiz an. Den Namen Seidenbaum gab es nur als Namen für Schulen und Restaurants und dergleichen, aber nicht als Personennamen, während es für Feyn überhaupt keinen Eintrag gab. Dann hatte sie die Idee, das y durch ein i zu ersetzen, und verlor angesichts der 450 Angaben, die nun erschienen, den Mut. Sie stellte das Gerät wieder ab und begann mit den Vorbereitungen zum Nachtessen, da sie zwei Freundinnen eingeladen hatte. Warum sollte sie überhaupt etwas herausfinden? Was hätte sie davon? Es war bestimmt am besten, keine Zeit mit einer aussichtslosen Suche zu verlieren, und immerhin konnte sie heute abend eine schöne Geschichte erzählen.

Sie sprachen dann aber von anderem, vor allem von ihren Freundschaften, denn alle drei hatten sie abgebrochene Beziehungen hinter sich, das gehörte zu dem, was sie verband, Natalie merkte, daß sie es absichtlich vermied, die Sache mit der Rechnung im Mantelfutter anzusteuern; etwas daran war ihr nicht geheuer, irgendwie wagte sie gar nicht zuzugeben, daß ihr solch eine Geschichte widerfahren war.

Nicht mehr darüber nachdenken wollte sie, aber in den folgenden Tagen spürte sie, daß ihre Gedanken nichts anderes wollten, als über dieser Geschichte zu brüten. Den Briefumschlag mit Inhalt hatte sie mittlerweile in eine Sichtmappe geschoben und in ihrer Hängeregistratur unter »Dokumente« abgelegt, dieses Wort, so schien ihr, kam ihm auf alle Fälle zu, eigentlich war es sogar ein historisches Dokument, das nun zwischen ihrem Lehrerinnenpatent und ihrem Paß steckte.

Am nächsten freien Nachmittag betrat sie das Stadtarchiv. Sie hatte sich an einen Besuch während ihrer Ausbildung erinnert, als es darum gegangen war, die Geschichte ihres Schulhauses zu studieren. Im 1. Stock war das Baugeschichtliche Archiv untergebracht, und hier konnte man nach jeder beliebigen Straße in Zürich fragen und hatte gute Aussicht, ein altes Foto davon zu finden. Welche Hausnummer sie denn suche, fragte der Archivar lächelnd, und zu Natalies Erstaunen gab es drei Kartonbehälter mit alten Fotos von der Löwenstraße. Bald hatte sie zwei Bilder vor sich, auf denen die Fassade der Nummer 40 zu sehen war, und es war gut zu erkennen, daß sich im Parterre ein Geschäft befand, auf dem einen Bild waren Sonnenstoren ausgefahren, aber Namen konnte sie keinen lesen, im Gegensatz zur Aufschrift über dem Nachbarladen, in dem mit Waffen und Munition gehandelt wurde. Die Schaufensterfront zog sich übrigens bis in den ersten Stock, und etwas später fand sie von dieser Etage eine

Innenaufnahme, auf welcher der großzügige Saal einer Tanzschule zu sehen war. Sie ließ sich diese drei Aufnahmen fotokopieren, und als der Archivar fragte, ob sie das Gesuchte gefunden habe, sagte sie, sie hätte gerne gewußt, was für ein Geschäft damals im Parterre gewesen sei. Das könne sie im 3. Stock nachschauen, entgegnete der Archivar, dort seien sämtliche Adreßbücher der Stadt vorhanden, nach Jahrgängen geordnet, und unter den Hausnummern der verschiedenen Straßen seien die jeweiligen Mieter und Bewohner aufgeführt.

Als Natalie am Abend wieder an ihrem Schreibtisch saß, war sie um einige Erkenntnisse reicher geworden. Sie wußte, daß sie aus Gründen des Datenschutzes bei der Einwohnerkontrolle keine Nachforschungen über Niederlassung und Wegzug von Personen einholen durfte, die nicht zu ihrer Familie gehörten. Sie wußte aber auch, daß die alten Adreßbücher Jahr für Jahr Auskunft darüber gaben, wer in all den Häusern dieser Stadt gewohnt hatte und wer ihre Besitzer waren. So hatte sie herausgefunden, daß das Kleiderhaus Seidenbaum 1939 bereits aus der Löwenstraße 40 verschwunden war und durch Schwaller & Cie., Damenkonfektion, abgelöst wurde. In der Folge waren dann mehrere Kleidergeschäfte zur Miete, und das änderte sich auch nicht, als das Haus 1954 abgetragen und durch den heutigen Bau ersetzt wurde. Isaac Feyn tauchte 1933 an der Gerhardstraße 6 auf, zusammen mit Lea Feyn. Diese wurde ab 1940 als Lea Feyn, Wwe. geführt, während Isaac Feyn nicht mehr vorhanden war. 1942 kam Feyn Rebecca dazu, Büroangestellte. 1946 gab es dann weder Lea noch Rebecca mehr an der Gerhardstraße. Sie hatte sich auch alle andern Bewohnerinnen und Bewohner dieser Liegenschaft in den Jahren 1933 bis 1946 notiert, war zur Gerhardstraße gefahren und hatte die Namen auf den Täfelchen angeschaut, aber selbstverständlich war kein einziger der früheren Mieter mehr darunter. Einen jungen Mann, welcher die Tür gerade öffnete, als sie davorstand, fragte sie, wem das Haus gehöre, und erfuhr, daß die Besitzerin die Pensionskasse einer Versicherung sei. Warum sie das wissen wolle, fragte der Mann, und Natalie sagte, sie suche eine Wohnung im Quartier. Er wohne zuoberst in einer WG, aber am meisten Wechsel gebe es unten, sagte er. Das erstaunte Natalie, denn die Parterrewohnung sah von außen schön aus, sie hatte etwas größere Fenster als die Wohnungen der oberen Stockwerke, und es war durchaus vorstellbar, daß hier einmal ein Schneider-Atelier bestanden hatte.

Das war alles. Natalie mußte sich eingestehen, daß es sinnlos war, mit diesen wenigen Anhaltspunkten einer so weit zurückliegenden Geschichte nachgehen zu wollen. Der Schneider und Aussteller der Rechnung, Isaac Feyn, war offensichtlich spätestens im Jahre 1939 gestorben. Rebecca konnte eine Verwandte Isaacs sein, die später zu Lea zog, oder eine Tochter der beiden, die volljährig geworden war, denn Kinder wurden in den Adreßbüchern nicht aufgeführt. Ihrer beider Spuren verloren sich jedoch 1946.

Sie beschloß, ihre Nachforschungen an dieser Stelle abzuschließen. Es war gut möglich, daß Rebecca Feyn, sollte sie die Tochter des Ehepaars sein, noch am Leben war, aber wo und unter welchem Namen sollte sie diese Frau suchen, und selbst wenn sie mehr über Isaac Feyn herausbekommen würde, wäre damit noch lange nicht erklärt, wie seine Rechnung in ihr Mantelfutter gelangt war. Sie heftete die Fotos von der Löwenstraße und die Notizen aus dem Adreßbuch mit einer Büroklammer zusammen und legte alles in die Sichtmappe mit dem Briefumschlag. Dann klingelte das Telefon.

Ein Herr Roschewski entschuldigte sich für die Störung, stellte sich als Buchhalter der Firma »Best of« vor und fragte sie, ob es stimme, daß bei ihr eine alte Rechnung aufgetaucht sei. Als sie dies bejahte, fragte er, ob er sie einmal treffen könne, er möchte ihr dazu etwas erzählen. Natalie überlegte sich einen Moment, ob sie sich hier auf irgend etwas einlasse, das sie bereuen würde, aber dann siegte ihre Neugier, und sie sagte zu. Als Treffpunkt schlug sie eines der Cafés in der Halle des Hauptbahnhofs vor, die stets belebt waren, machte mit ihm für den nächsten Tag um 18 Uhr ab und sagte, sie würde einen grünen Armani-Mantel tragen mit einer Handtasche aus dunkelviolettem Leder. Er wollte sich durch eine »Best of«-Plastiktasche zu erkennen geben und bat sie im übrigen darum, vorläufig niemandem von ihrem Treffen zu berichten, da ihm derartige Kontaktnahmen eigentlich nicht erlaubt seien. Natalie versicherte ihn ihrer Diskretion, war zwar etwas beunruhigt über diese Heimlichtuerei, hatte aber trotzdem nicht das Gefühl, mit diesem Rendez-vous ein Risiko einzugehen.

Kurz vor sechs Uhr setzte sie sich in der Bahnhofhalle, wo auch in der kälteren Jahreszeit eine angenehme Temperatur herrschte, an den äußersten Tisch einer Reihe, die vor dem Café gestuhlt war; sie hatte schon eine Weile nicht mehr auf einen Mann gewartet, mit dem sie verabredet war, und schaute sogar noch einmal kurz in den Spiegel, den sie aus ihrer Handtasche nahm. »Frau Schaub?« fragte ein dünner Mann mit einer »Best of«-Tragtasche in der Hand und zog den zweiten Stuhl etwas zurück. Zu ihrem Ärger errötete Natalie, als sie »Jawohl« sagte und ihm die Hand reichte. »Roschewski«, sagte er, »wir haben telefoniert«, und setzte sich zu ihr.

Sie trank schon einen Schwarztee, und er bestellte sich nun ein Schweppes. Nach dem gestrigen Telefongespräch hatte sie sich ihn etwas älter vorgestellt, auch überraschte sie, daß ihm seine Haare bis auf den Kragen fielen. Er kam ohne Umschweife zur Sache und bat sie, ihm nochmals zu erzählen, wie sie zu der Rechnung gekommen sei, da er die Geschichte bloß vom Filialleiter gehört habe. Natalie erzählte kurz, was ihr passiert war, faßte auch ihre Recherchen im Stadtarchiv zusammen und zog zuletzt den Umschlag aus der Tasche. Roschewski schaute die Rechnung an, schüttelte den Kopf und sagte darauf, daß er die Buchhaltung der Firma »Best of« vor 5 Jahren übernommen habe, und daß es seither jedes Jahr ein Problem gebe, dem er nicht auf die Sprünge komme. Was denn für ein Problem, fragte Natalie. Jedesmal sei am Schluß ein Fehlbetrag in der Abrechnung, ein Fehlbetrag zuungunsten der Firma, und sie solle einmal raten, wie hoch der sei. Natalie wußte nicht, was sie schätzen sollte, und sagte, sie habe keine Ahnung.

»2220 Franken«, sagte Roschewski, und dieser Fehler mache ihn halb verrückt, weil er sich seine Herkunft nicht erklären könne. Natürlich gebe es Möglichkeiten, einen solchen Betrag, der im Bezug auf das Ganze relativ unerheblich sei zu cachieren, bzw. so darzustellen, daß er sich sozusagen unauffällig verhalte, die ganze Buchhalterei sei ja, wie sie wahrscheinlich wisse, ein Stück weit eine Sache der Darstellung, aber ihm käme dieser jährliche Fehlbetrag, auf den er mittlerweile schon warte, wie eine Beleidigung vor. Er mache auch noch Buchhaltungen für andere Firmen, arbeite nun schon zehn Jahre in dem Beruf, aber so etwas sei ihm sonst noch nie passiert.

Das sei ihr unheimlich, sagte Natalie, es fehle nur noch, daß der alte Feyn plötzlich bei ihr im Treppenhaus stehe, dabei hätte sie mit der Sache überhaupt nichts zu tun.

Wenn, dann würde er wohl eher bei ihnen im Treppenhaus stehen, sagte Roschewski, obwohl auch sie nichts damit zu tun hätten, außer daß ihr Geschäft an derselben Hausnummer domiziliert sei, aber es sei ja nicht die Rechtsnachfolgerin des Kleiderhauses Seidenbaum, jedenfalls hätte er davon noch nie etwas gehört.

Natalie sagte, sie habe eigentlich beschlossen, ihre Nachforschungen einzustellen und die Sache auf sich beruhen zu lassen, oder ob er meine, man sollte noch etwas tun. Roschewskis Antwort überraschte sie. Er sei der Ansicht, sagte er, man sollte dem alten Schneider seine Leinenanzüge bezahlen, und er werde dies seiner Firma vorschlagen. Aber wie denn, und wem denn? fragte Natalie. Am besten seinen Nachkommen, meinte Roschewski. Ob er denn eine Möglichkeit sehe herauszukriegen, ob es noch welche gebe? Er würde sich einmal bei der Gemeinde erkundigen. Das habe sie abgeklärt, sagte Natalie, die gebe eben keine Auskunft, wenn man nicht selbst zur Familie gehöre. Bei der jüdischen Gemeinde, präzisierte Roschewski. Ob er glaube, da bekäme er Auskunft?

»Ich glaube schon«, sagte Roschewski, »ich gehöre selbst dazu.«

»Oh, Entschuldigung, daran habe ich gar nicht gedacht«, sagte Natalie etwas verlegen.

Roschewski lächelte. »Das macht gar nichts, schließlich sieht man Ihnen die Lehrerin auch nicht an.« Falls er etwas herausfinde, fuhr er fort, ob sie dann daran interessiert sei.

»Ja«, sagte Natalie, »auf alle Fälle.«

»Obwohl Sie mit der Sache nichts zu tun haben?« Seine Augenbrauen hoben sich, und sein Blick bekam etwas Prüfendes.

Sie habe im Grunde, sagte Natalie, vom ersten Moment an etwas damit zu tun gehabt, schließlich habe sie die Rechnung gefunden, und er solle sie anrufen, wenn er etwas Neues wisse.

Als sie zu Hause über die Begegnung mit dem Buchhalter nachdachte und sich nochmals alles vergegenwärtigte, was sie über das Haus an der Löwenstraße und über die Familie Feyn erfahren hatte, kam ihr plötzlich etwas in den Sinn. Der Wechsel, dachte sie, warum gibt es ausgerechnet im Erdgeschoß dieses Hauses am meisten Wechsel?

Am nächsten Samstag morgen fuhr sie zum Bahnhof Wiedikon, bog in die Gerhardstraße ein und sah sofort den Möbelwagen vor der Nummer 6. Die Fenster der Parterrewohnung standen offen, und gerade wurde unter der Anweisung einer Frau von zwei Trägern ein Klavier die paar Treppenstufen heruntergetragen. Als das Instrument mit einem dumpfen Aufklang der tiefen Saiten im Wagen verstaut war, trat Natalie zur Frau und fragte, ob die Wohnung, aus der sie wegziehe, schon vermietet sei. Ja, sagte die Frau, die sei weg. Schade, sagte Natalie, es sei sicher die Parterrewohnung, und die sehe schön aus mit ihren großen Fenstern. Trotzdem, sagte die Frau, würde sie ihr diese nicht empfehlen und habe das auch allen gesagt, die sie angeschaut hätten. »Wegen des Lärms?« fragte Natalie.

»Nein«, sagte die Frau, »es spukt, aber das glaubt einem ja niemand.« Auch sie habe es ihrem Vorgänger nicht geglaubt, bis sie es selbst erlebt habe.

Sie könne sich das gut vorstellen, sagte Natalie.

So etwas sage sich leicht, sagte die Frau, zu leicht. Oder ob sie sich wirklich vorstellen könne, wie es sei, wenn es nachts immer wieder huste in der Wohnung. Das sei schon übel genug, aber eines Nachts habe sie ein seltsames Geräusch aus dem Zimmer mit den großen Fenstern gehört, sei hingegangen und habe die Umrisse einer Nähmaschine gesehen, die mit dem Fuß angetrieben werde, aber keinen Fuß, und das Husten sei von ganz nah gekommen. »Ist da jemand?« habe sie gefragt, und dann –

Nun kamen die Träger mit einem Schrank, und einer der beiden sagte zur Frau, sie würden ihn nur zerlegen, falls er am andern Ort nicht zur Tür hineingehe, es sei praktischer so.

»Und dann?« fragte Natalie.

Die Frau streifte einen Ärmel zurück und zeigte Natalie ihren Unterarm. »Sehen Sie? Ich kriege Gänsehaut vom bloßen Erzählen ... Dann? Ach, das werden Sie nicht glauben.«

»Ich glaube Ihnen jedes Wort«, sagte Natalie.

Die Frau schaute sie zweifelnd an und fuhr dann fort: »Also gut. Dann hörte ich eine Stimme, die sagte, die Anzüge müßten noch fertig werden und ich soll zu Bett gehen. Aber das schlimmste: sie hat mich bei meinem Namen genannt!«

»Sie heißen Lea?« fragte Natalie.

Nun setzte sich die Frau auf die Rampe des Möbelwagens. »Mir wird halb schlecht«, sagte sie, »was wissen Sie von der Geschichte?«

Natalie erzählte es ihr am nächsten Tag im selben Café, in dem sie den Buchhalter getroffen hatte, und die Frau, eine Musikerin, war ebenso erschreckt wie erleichtert darüber, daß sie nicht als einzige vom posthumen Wirken des alten Schneiders betroffen war.

Drei Tage später saß Natalie erneut im Café, und der Kellner nickte ihr schon zu und fragte, ob sie einen Schwarztee wolle. Sie bestellte einen Schwarztee und ein Schweppes.

Roschewski kam ein paar Minuten später. »Schön, daß Sie gleich Zeit hatten«, sagte er, »ich habe interessante Neuigkeiten.«

»Sagen Sie bloß nicht, Sie hätten Rebecca Feyn gefunden.«

»Eins nach dem andern«, sagte er und begann zu berichten.

Die jüdische Gemeinde, sagte er, sei nicht sehr groß, da kenne man sich noch, und wenn man jemanden suche, der hier früher jemanden gekannt habe, werde man fast immer fündig.

So sei er mit Hilfe seines Vaters auf einen alten Kaufmann gestoßen, der in der Schmates-Szene vor dem Zweiten Weltkrieg verkehrt habe.

»In welcher Szene?« fragte Natalie.

»Entschuldigung«, sagte Roschewski, »Schmates heißt Stoff auf jiddisch, und die Stoff- und Kleiderhändler nannte man die Schmates-Mischpoche. Und der alte Katz, mein Gewährsmann also, erinnerte sich, daß Seidenbaum noch vor dem Krieg nach Amerika auswanderte, 1938 oder 1939, mit einem der letzten möglichen Schiffe wahrscheinlich, weil er überzeugt war, daß Hitler die Schweiz erobern würde und daß es dann den Juden schlecht ginge, und er hat sein Geschäft verkauft.«

»An Schwaller«, sagte Natalie, »das stand im Adreßbuch.«

»An Schwaller & Compagnie«, ergänzte Roschewski, »und die Compagnie hieß Gerster und ist die heutige Besitzerin von ›Best of‹. Und der Preis damals soll viel zu niedrig gewesen sein, da Seidenbaum angesichts der Umstände rasch verkaufen mußte. Das haben die Käufer gemerkt und haben es ausgenutzt.«

Feyn aber, so fuhr Roschewski fort, sei bekannt ge-

93

wesen als fleißiger, zuverlässiger und gewissenhafter Schneider, der am Sabbat nie in der Synagoge fehlte, leider sei er vorzeitig an Tuberkulose gestorben, und der alte Katz, der damals ein junger Katz gewesen sei, hätte sogar ein Auge auf seine schöne Tochter Rebecca geworfen, die aber nach dem Tod ihrer Mutter nach London verschwunden sei und später dort geheiratet habe, auch einen Schmates-Kaufmann, und der alte Katz habe mit dem größten Vergnügen die Gelegenheit benützt, Rebeccas Adresse herauszufinden und sie sogar anzurufen, er hätte nicht viel mehr als einen Tag dazu gebraucht, eine alte Liebe, habe er ihm schmunzelnd gesagt, finde man immer wieder. Sie lebe jetzt verwitwet in einem kleinen Haus in Chelsea, habe einen Sohn in Amerika und eine Tochter in Israel und fünf Enkelkinder und einen Urenkel.

Er, Roschewski, sei dann gestern beim Direktor vorstellig geworden, dem alten Gerster, dem Sohn des damaligen Käufers, habe ihm die Geschichte vom immer wiederkehrenden Fehlbetrag und von Natalies Rechnung erzählt und vorgeschlagen, er solle der Tochter des Isaac Feyn die 2220 Franken bezahlen, was dieser rundweg abgelehnt habe mit der Begründung, es bestehe ja wohl keinerlei Verpflichtung, nach so langer Zeit einen Betrag zu erstatten, dessen Begleichung Sache des vormaligen Besitzers gewesen sei. Beim Kauf eines Geschäftes werde ausdrücklich festgehalten, daß keine Ansprüche dritter, sofern sie zur Zeit des Kaufes nicht bekannt und belegt sind, auf den neuen Besitzer übergehen, das sei schon damals so gewesen. Er habe den ganzen Lärm um die nachrichtenlosen Vermögen völlig übertrieben gefunden, da merke man einfach, daß die Juden eine Lobby hätten, aber er sei nicht der Meinung, daß jetzt auch noch er in irgendeine Wiedergutmachungsrührseligkeit verfallen sollte, davon hätten wir wirklich genug gehabt. Die Geschichte mit der alten Rechnung habe er vernommen, die hatte natürlich die Runde gemacht, aber das könne im Ernst nicht sein und sei wohl eher ein Problem einer etwas überdrehten Kundin als ihres Geschäfts, jedenfalls könnte sie so etwas auf keinen Fall beweisen, wenn es zu einer Gerichtssache käme. Selbst wenn die Rechnung echt wäre, hätte sie ja keine Zeugen dafür, daß sie diese dem Futter eines bei »Best of« gekauften Mantels entnommen habe. Und das mit dem Fehlbetrag sei einzig das Problem des Buchhalters, der im übrigen wohl wisse, wie man so etwas unauffällig in der Bilanz unterbringe. Roschewski sei gleich klar geworden, daß er mit seinem Vorschlag nicht die geringste Chance hatte, habe etwas von einer Geste gemurmelt, die er sich eben hätte vorstellen können, und sei nach kurzem wieder draußen gestanden, und das sei also der gegenwärtige Stand der Dinge.

Natalie war empört über den alten Geschäftsinhaber, der sie als überdrehte Kundin abtat, ohne sie überhaupt zu kennen.

Roschewski gab zu bedenken, für jemanden, der mit beiden Beinen im Leben stehe, sei die Geschichte natürlich schon ein harter Brocken.

Ach was, sagte Natalie, der alte Gerster stehe doch schon mit einem Bein im Grab und würde sich besser überlegen, was es in seinem Leben noch zu bereinigen gebe. Sie wisse jedenfalls, was sie mache. Sie werde am nächsten Wochenende nach London fliegen und der Tochter des Schneiders Feyn die 2220 Franken bringen.

Und das Geld –

Das nehme sie von ihrem Ersparten, sagte sie, schließlich lebe sie in einer Wohlstandsgesellschaft, und vergangenes Leid müsse irgendwie abgegolten werden.

Es habe allerdings ungleich größeres Leid gegeben als dasjenige des alten Feyn, wandte Roschewski ein.

»Aber man hat ihm eine Rechnung nicht bezahlt«, sagte Natalie, »und das genügt. Ich möchte sie ihm einfach bezahlen, fragen Sie nicht, warum. Und Sie wollten das doch auch.«

Roschewski nahm einen letzten Anlauf. Ja, sagte er, aber es sei eine Angelegenheit unter Juden gewesen.

Unter Menschen, sagte Natalie, und als Roschewski hinzufügte, er würde sich gern mit der Hälfte des Betrags beteiligen, erwiderte sie, das sei sehr lieb von ihm, aber nicht nötig, schließlich sei die Rechnung an sie gegangen.

Ob sie denn, fuhr er fort, etwas dagegen hätte, wenn er sie begleiten würde.

Dagegen hatte sie nichts.

Die alte Frau, die ihnen am nächsten Sonntag kurz vor Mittag die Tür eines Backsteinreihenhäuschens in einer kleinen Seitenstraße der King's Road öffnete, war zuerst etwas mißtrauisch, aber als Roschewski seinen Namen nannte und sagte, er hätte ihre Adresse von

Herrn Katz in Zürich und er und Frau Schaub möchten ihr etwas bringen, das ihren Vater Isaac betreffe, hieß sie die beiden eintreten. Als sie im winzigen Salon am Tisch saßen, auf dem eine schwere Brokatdecke lag, und aus den Teetassen nippten, die ihnen Rebecca Rosenberg-Feyn hingestellt hatte, begann Natalie zu erzählen. Die alte Dame hatte sie gebeten, zürichdeutsch zu sprechen, das sie zwar etwas verloren habe, das ihr aber vertraut vorkomme.

Bei der Stelle, wo sie sich mit Roschewski getroffen hatte, erzählte dieser seinen Teil der Geschichte weiter, und dann kam Natalie auf ihren Entschluß zu sprechen, das Geld hierher zu bringen, legte den alten Umschlag und die Rechnung auf den Tisch und daneben einen Umschlag der Bank, auf den sie »2220 Fr.« geschrieben hatte.

Rebecca Rosenberg traten die Tränen in ihre schönen alten Augen, als sie die Rechnung ihres Vaters ansah, mit der aufgedruckten Adresse und der fünfstelligen Telefonnummer mit dem Punkt nach der zweiten Ziffer, die sie sofort wiedererkannte. Sie könne das eigentlich gar nicht annehmen, sagte sie, aber offenbar habe es ihren Vater so beunruhigt, daß i dänk, I should accept it.

Sie nahm die beiden Umschläge, ging zu einem zierlichen Sekretär an der Wand, auf welchem um einen siebenarmigen Kerzenständer verschiedene Fotos gruppiert waren, legte sie vor eines hin, das einen weißbärtigen Mann mit dunklen Augen, Schabbeslocken und einem schwarzen Hut zeigte, und sagte: »Look emol, Tate, wos i der bring. Bischt jetz zfride?«

97

Sie werde das Geld hier liegen lassen, und sobald der Fehlbetrag in der Buchhaltung nicht mehr auftauche, werde sie es einer Hilfsorganisation spenden. Nun zog Roschewski ebenfalls einen Umschlag hervor und sagte, wenn eine Schuld später beglichen werde, rechne man in der Regel den Zins dazu, er sei von einem durchschnittlichen Zinssatz von 3 % ausgegangen, und da drin seien die 13397.44, die Isaac Feyn noch zugut hätte, er habe sie auf 13 400.- aufgerundet. Natalie war sprachlos, und die alte Dame sagte in ihrer Mischung aus Zürichdeutsch und Jiddisch: »Ihr seids zwöi gonz liebi Lajt«, aber das könne sie nun auf keinen Fall entgegennehmen, und sie brauchte sehr viel Überredungskunst, bis Roschewski bereit war, seinen Umschlag wieder einzustecken.

Als sie Rebecca Rosenbergs Haus nach einem fröhlichen, improvisierten Mittagessen am Nachmittag wieder verließen und durch die King's Road zur nächsten U-Bahn-Station gingen, ergriff Natalie Roschewskis Hand und zog sie in ihre Manteltasche.

Bei der Fertigstellung der Buchhaltung im Februar war der Fehlbetrag verschwunden, und im Frühling zogen Natalie und Roschewski zusammen in die Parterrewohnung an der Gerhardstraße, da sich der Nachfolgemieter der Musikerin wieder zurückgezogen hatte. Nie haben sie dort des Nachts den alten Feyn husten gehört, und auch seine Nähmaschine hatte ihren Betrieb endgültig eingestellt.

Die Geschichte hat mir meine Nichte erzählt, die in der Wohngemeinschaft im obersten Stock wohnt und jetzt Natalie bei den Vorbereitungen zur Hochzeit hilft, was nicht ganz einfach ist, wenn man mit den jüdischen Ritualen nicht vertraut ist.

Rebecca Rosenberg haben sie als Trauzeugin eingeladen, und sie hat zugesagt.

Der Betrug

Rusterholz ist ein guter Name für den Mann, der das erlebte, was ich Ihnen im folgenden erzählen möchte, Charles Rusterholz, er ging gegen die Vierzig und arbeitete bei einem Reiseunternehmen.

Als er den kleinen Bahnhofladen mit den langen Öffnungszeiten betrat, um noch etwas Milch zu kaufen, hatte er soeben einem Menschen das Leben gerettet. Er war auf einer Straßeninsel am Fußgängerstreifen gestanden, die Ampel zeigte Rot, auf der zweispurigen Straße hatte die erste Spur Rot, die zweite jedoch Grün, und auf der ersten Spur standen zwei, drei wartende Autos. Da schob sich ein Junge mit seinem Kickboard an ihm vorbei über den Streifen. »Vorsicht!« schrie Rusterholz laut, der das Auto auf der zweiten Spur herannahen sah, der Junge bremste, und das Auto fuhr knapp an ihm vorbei. Erschrocken kehrte der Junge um, und Rusterholz sagte zu ihm, er müsse aufpassen bei Rot. Neben ihm war eine Frau gestanden, die nichts gesagt und getan, sondern nur die Hand vor den Mund gehalten hatte, und der Mann gegenüber, der den fahrenden Wagen noch besser hatte kommen sehen als er, hatte auch nichts unternommen, um das Verhängnis abzuwenden, ja, Rusterholz hatte die beiden rückblickend sogar im Verdacht, sie hätten sehen wollen, wie ein Unglück passiere.

Im Weitergehen hatte er sich überlegt, wieso er dem Jungen nicht noch ernster ins Gewissen geredet hatte, beispielsweise mit der Ermahnung, es gehe um Leben und Tod. Es wurde ihm jetzt auch bewußt, daß sowohl die Frau als auch er den ersten Teil der Straße bis zur Insel bei Rot überquert hatten, denn dieser Teil wurde nur von Trams befahren, und es war offensichtlich, daß keines kam. Der Kleine mit dem Kickboard mußte also ihrem Beispiel gefolgt sein, insofern war er fast etwas mitverantwortlich. Rusterholz dachte auch an seinen eigenen zehnjährigen Sohn, dem er diese Geschichte unbedingt erzählen wollte, und nahm sich wieder einmal vor, der Kinder wegen stets und unbedingt stehen zu bleiben, wenn eine Fußgängerampel Rot zeigte, auch wenn weit und breit kein Fahrzeug zu sehen war. Im ganzen war er doch zufrieden, daß er überhaupt reagiert hatte, denn eigentlich war er es nicht gewohnt, Autorität auszuüben, und ging auch Situationen, die nach Eingreifen rochen, aus dem Wege; von Betrunkenen im Bus oder von Punks mit zerrissenen Rucksäcken und Hunden mit einem roten Halstuch statt einer Leine setzte er sich stets möglichst weit weg.

Diese Gedanken gingen ihm immer noch nach, als er die drei Liter Milch, um die ihn seine Frau gebeten hatte, an der Kasse zahlte und sah, wie die Japanerin hinter ihm für ihren Orangensaft und die Schokolade eine Zwanzigernote bereithielt. Dann wendete er sich ab, um eine dieser dünnen Plastiktüten von der Rolle zu reißen, die erstaunlicherweise stark genug waren, um drei Milchpackungen zu tragen. Als er diese verstaut hatte, hörte er, wie die Japanerin zum jungen Mann an der Kasse sagte: »Ich habe zwanzig gegeben.« »Zehn«, sagte der Kassier. »Nein, zwanzig«, sagte die Japanerin.

»Zehn«, sagte der Kassier, »Sie bekommen 6.20.« Die Japanerin klaubte das Wechselgeld zusammen und wollte resignieren, da sagte Rusterholz: »Es waren zwanzig. Sofort geben Sie ihr noch zehn Franken.« Überrascht musterte ihn der Verkäufer und sagte dann frech: »Sie hat zehn gegeben.« »Sie hat Ihnen zwanzig gegeben!« sagte Rusterholz so laut, daß sich alle in dem engen Laden nach ihm umdrehten, »und ich bleibe so lange hier stehen, bis Sie ihr die zehn Franken rausgegeben haben.« Der junge Mann blieb hartnäckig. »Hat sie zehn gegeben«, behauptete er. »Hören Sie«, sagte Rusterholz, »ein richtiger Kassier legt die Note nicht in die Kasse, bevor er herausgegeben hat, dafür haben Sie hier an der Kasse diese Klammer, ja?« Und er zog mit einer Hand den Notenhalter hoch und ließ ihn auf die Kasse knallen. »So wie Sie kassiert nur ein Betrüger. Ich habe gesehen, daß es zwanzig waren.« Der Verkäufer hielt nun beide Hände zur Brust und schüttelte heftig den Kopf, da stand ein Mann hinter ihm, der offensichtlich sein Vorgesetzter war, legte ihm die Hand auf die Schulter und sagte: »Gib ihr zehn Franken, Dragan.«

»Aber –«

»Hast du gehört?«

Mit dem Ausdruck der tiefsten Beleidigung händigte der Kassier der Japanerin die zehn Franken aus und warf Rusterholz, als dieser mit gerötetem Kopf den Laden verließ, einen stechenden Blick nach. Die Japanerin folgte ihm und sagte: »Danke. Ich habe zwanzig gegeben.«

»Schon gut«, sagte Rusterholz, »zum Glück habe ich es gesehen. Tut mir leid für Sie.«

»Alles okay«, sagte die Japanerin und lächelte, »danke.«

Rusterholz hob die Hand und schlug den Heimweg ein.

Erst jetzt merkte er, daß seine Knie zitterten und daß er schneller atmete. Noch nie hatte er etwas Derartiges getan. Keine Sekunde Überlegung war seiner Intervention vorausgegangen, er hatte es einfach nicht ertragen, wie diese zierliche kleine Frau zum Opfer einer Gaunerei wurde, und obwohl er die Übergabe der Note selbst nicht gesehen hatte, nur die Vorbereitung dazu, war er doch überzeugt, daß die Japanerin die Wahrheit sagte und nicht noch im letzten Moment ihre Zwanzigernote gegen eine Zehnernote gewechselt hatte.

Seinem Sohn Philipp erzählte er beim Abendessen die Episode auf dem Fußgängerstreifen und rang ihm das Versprechen ab, unter gar keinen Umständen bei Rot über den Fußgängerstreifen zu gehen, und erst recht nicht auf seinem Kickboard. »Klar«, sagte dieser nur, aber es klang nicht ganz überzeugend.

Als der Junge zu Bett gegangen war und Rusterholz mit seiner Frau Olivia noch ein Glas Wein trank, erzählte er ihr den Vorgang im Bahnhofladen. Sie wunderte sich. »Na sag mal, du hattest ja heute einen richtigen Heldentag. Hoffentlich steigt es dir nicht in den Kopf.« Charles lachte und sagte, es genüge ihm, daß sie ihn ein bißchen bewundere, beides sei ihm mehr passiert, als daß er es gewollt hätte. »Hast du dir gemerkt, wie der Verkäufer hieß?« fragte seine Frau. Er stutzte einen Moment. »Der andere nannte ihn Dragan.« »Also einer aus dem Balkan«, sagte sie. »Offenbar«, sagte er. »Paß auf«, sagte Olivia, »mit denen ist nicht zu spaßen.« Charles erschrak ein bißchen, ließ es sich aber nicht anmerken.

In den nächsten Tagen hatte er sehr viel Arbeit, da er zusätzlich für einen erkrankten Kollegen den neuen Paris-Prospekt redigieren mußte, was an sich gar nicht sein Gebiet war, und sich dabei ärgerte über das immer gleiche Vokabular der Hotelanpreisungen, komfortabel, geschmackvoll, stilvoll, gut ausgestattet, besonders ruhig, charmant, und das hieß vielleicht im Klartext, daß der Frühstücksraum in einem mit Neonleuchten erhellten Untergeschoß war, in dem auf einem Fernsehapparat ein Morgenquiz lief. So hatte er die Episode im Bahnhofladen fast vergessen, als er eines Morgens daran erinnert wurde. Er wollte auf dem Vorstadtbahnhof die Treppe hinuntergehen, um mit der S-Bahn in die Stadt zu fahren, da traf ihn aus dunklen Augen der Blick eines jungen Mannes, der sich an das obere Ende des Treppengeländers lehnte. Es mußte der Verkäufer sein, mit dem er die Auseinandersetzung gehabt hatte, und Rusterholz war fast sicher, daß dieser ihn erkannt hatte. Als er aus der Unterführung die Treppe zum Gleis 5 hochstieg, warf er einen Blick zurück und sah, daß der junge Mann ihm langsam folgte. Der Zug fuhr ein, Rusterholz stieg im Gedränge zu und sah den andern nicht mehr, aber er hatte ein ungutes Gefühl, bis er an seinem Arbeitsplatz in der Stadt war.

Es war ein schöner Tag, also zog er am Abend, als er wieder zu Hause war, seinen Trainingsanzug an, um auf dem Sportplatz und im angrenzenden Wäldchen etwas zu rennen. Meistens drehte er zuerst ein paar Runden auf der markierten 250m-Bahn und bog dann ins Wäldchen ein, in das sich Hundehalter, Familien mit Kindern und Picknickende teilen mußten, zog eine Schlaufe auf den zwei Wegen, die es durchquerten und kam dann wieder auf den Sportplatz zurück. Als er heute am Familienspielplatz vorbeirannte, hörte er ein paar kehlige Stimmen, die ihm »Hopp Schwiz!« nachriefen, und als er sich nach ihnen umblickte, sah er eine Gruppe untätiger junger Männer, die um die Schaukel herumstanden, auf denen sich einer von ihnen hin und her schwingen ließ. Der auf der Schaukel war derselbe, der ihm heute morgen gefolgt war, und wieder durchbohrte er ihn mit seinem Blick. Rusterholz beschleunigte seinen Schritt, und statt die Schlaufe zu machen, verließ er das Wäldchen auf der andern Seite, um hinter dem Schulhaus durch wieder nach Hause zu gelangen. Als er die Kurve zum Schulhaus machte, schien ihm, daß sich drei der jungen Männer in Trab gesetzt hatten, was ihn dazu bewog, nicht den direkten Weg nach Hause zu nehmen, sondern einen Umweg über die Nachbarstraße einzuschlagen. Jedenfalls war, als er das Tor zum winzigen Vorgärtchen aufmachte, niemand von der Gruppe mehr zu sehen.

Seine Frau wunderte sich, daß er schon wieder zurück war, und er murmelte bloß, er hätte doch weniger Lust zum Rennen gehabt, als er gemeint habe.

Heute habe sie von einer Nachbarin gehört, sagte ihm Olivia beim Nachtessen, daß das ganze Verkaufspersonal im Bahnhofladen ausgewechselt worden sei, es arbeiteten jetzt nur noch Schweizer dort.

»Gut für die japanische Kundschaft«, sagte Charles und lachte. Jetzt wußte er auch, weshalb er Dragan heute zweimal gesehen hatte; offensichtlich war er entlassen worden, und es sah nicht so aus, als hätte er wieder Arbeit gefunden.

Rusterholz schlief schlecht diese Nacht. Zwar war die *ganze* Belegschaft ersetzt worden, aber dennoch war es möglich, eine direkte Linie von ihm zur Entlassung des jungen Verkäufers zu ziehen. An diese Folge hatte er überhaupt nicht gedacht, als er sich für die Japanerin einsetzte. Die Situation auf dem Arbeitsmarkt, das wußte er, war nicht günstig, und sie war noch weniger günstig, wenn man einen slawischen Namen trug. Kürzlich hatte im Fernsehen ein Schulabgänger mit ausgezeichneten Zeugnissen erzählt, wie er sich telefonisch auf eine ausgeschriebene Lehrstelle hin gemeldet hatte, aber als er seinen Namen sagte, der auf čić endete, bekam er den Bescheid, die Stelle sei schon vergeben. Etwas später meldete er sich nochmals mit veränderter Stimme und einem Schweizer Namen, Mörgeli oder Ötterli oder Lutz, und wurde sofort zu einem Gespräch eingeladen. So war die Stimmung im Lande, Dragan würde es also nicht leicht haben, und es konnte gar nicht anders sein, als daß er einen Groll auf ihn hatte. Daß er selbst schuld war mit seinem Betrugsversuch, würde er wohl ausblenden. Rusterholz erwog noch einmal die Möglichkeit, daß er sich getäuscht haben könnte, weil er den Moment der Übergabe nicht gesehen hatte. Dann hätte die Japanerin versucht, den Verkäufer zu betrügen, und das traute er ihr einfach nicht zu. Aber Dragan? Ja, dem traute er es zu, das war die Wahrheit.

Nachts um drei stand Charles leise auf, ging in die Küche und machte sich heißes Wasser. Er öffnete die Teeschachtel, überlegte sich, was ihn am ehesten beruhigen könnte, und zog dann einen Beutel Kamillentee heraus.

»Bist du krank?« Olivia stand unter der Küchentür, erstaunt.

»Ich kann nicht schlafen«, sagte Charles, »bin schon zum zweitenmal wieder erwacht.«

»Plagt dich etwas?« fragte Olivia.

»Eigentlich nicht«, sagte Charles, »ich kann es mir nicht erklären.«

Als er am nächsten Morgen zum Bahnhof ging, stand Dragan wieder am selben Ort, allein, blickte ihn nur einmal an und spuckte vor sich auf den Boden. Rusterholz tat so, als sähe er ihn nicht, machte aber einen kleinen Bogen und nahm die zweite der beiden Treppen. Beim Einbiegen zur Treppe von Gleis 5 drehte er den Kopf zurück und sah, daß ihm der andere nicht folgte. Erleichtert fuhr er zum Hauptbahnhof und überflog während der kurzen Fahrt die Gratiszeitung. Ein Russe, der bei einem Flugzeugunglück seine Frau und seine beiden Kinder verloren hatte, hatte den Schweizer Fluglotsen ausfindig gemacht, den er für den Schuldigen hielt und hatte ihn erstochen. »Rache also«, sagte sich Rusterholz, »Rache, das gibt es, im Osten.« Als er die Rolltreppe verließ, mit der er aus dem unterirdischen Bahnhof in die große Halle hochgefahren war, stand dort Dragan, der gerade von zwei Kollegen mit einem jener Handschläge begrüßt wurde, bei denen die offenen Handflächen in Gesichtshöhe aufeinanderprallen. Die beiden trugen wie er schwarze Lederjacken und tief ins Gesicht gezogene Mützen. Dragan schaute sich kurz um, und Rusterholz ging hinter einer japanischen Touristengruppe und deren Samsonitekoffern durch und strebte dem linken Ausgang zu, obwohl er sonst den Hauptausgang benutzte.

Der Schweiß stand ihm auf der Stirn, als er wenig später in der Straßenbahn saß und sicher war, daß ihm niemand auf der Spur war. Wie war das möglich, daß ihn Dragan am Hauptbahnhof erwartet hatte wie im Märchen vom Hasen und vom Igel? Rusterholz war zuhinterst in den Zug gestiegen, also wäre Dragan durch die Unterführung gerannt und im vordersten Wagen gefahren, wäre im Hauptbahnhof als erster ausgestiegen und sofort die Rolltreppe hoch in die Halle geeilt, wo ihn seine Kollegen bereits erwarteten. Das war machbar, und doch konnte er es nur schwer glauben.

Er hatte diesen Vormittag Mühe, sich auf die Arbeit zu konzentrieren, es galt, eine Reihe von Preisangeboten einzuholen, und zwar mußte er sich an eine Dringlichkeits-Checkliste halten und konnte nicht in Ruhe bei einem Sachgebiet bleiben, er sauste telefonisch in ganz Europa herum, sprach mit Geschäftspartnern in England und Frankreich, die nicht im Traum daran dachten, eine andere als ihre Muttersprache zu benutzen und verhandelte dazwischen mit zwei Hotels auf einer kroatischen Ferieninsel, wo er es mit entgegenkommenden Menschen zu tun hatte, die sehr gut deutsch sprachen. Wieso, ging es ihm durch den Kopf, haben wir hier so viele düstere Typen aus dem Balkan, wenn die dort alle so freundlich sind?

Wieso haben wir überhaupt so viele fremde Menschen hier? Was wollen die alle? Können die nicht einfach bei uns Touristen sein wie wir bei ihnen? Er war in einem Dorf aufgewachsen, wo sie in der Klasse zwei Ausländer hatten, einen Italiener und eine Spanierin, und heute ging sein Sohn in eine Klasse, in der sie zwei Schweizer waren, die andern waren alles Ausländer, aus der ganzen Welt, und es war nicht einmal ein Italiener darunter. Natürlich war es ihm nicht entgangen, daß auf den Straßenbaustellen nur unverständliche Sprachen gesprochen wurden, und als er seine Großmutter im Pflegeheim besucht hatte, wurden die alten Leute ausschließlich von lächelnden Asiatinnen herumgeschoben und verpflegt, aber es bedeutete einfach auch, daß die drei großen Schachspiele auf dem Marktplatz fest in der Hand des Balkans waren, und wieso wurde der Second Hand-Autohandel, der sich auf dem ehemaligen Gießereiareal etabliert hatte, von Schwarzen betrieben, und überhaupt, wieso waren die Schwarzen alle so unverschämt gut angezogen, und ihre Frauen stießen stets die neusten Kinderwagen vor sich her? Wer bezahlte das alles? Es war ihm schon mehr als einmal passiert, daß er, wenn er im Tram saß, gemerkt hatte, daß er der einzige Einheimische war, und das erschreckte ihn jedesmal. In den Prospekten seines Reiseunternehmens wurden zwar die Schmelztiegel New York oder São Paulo angepriesen, aber Rusterholz war es noch nicht gelungen, sich über den Schmelztiegel Zürich zu freuen.

Über Mittag wollte er kurz zu einem Sandwich ins Stehcafé in der Parallelstraße. Als er um die Ecke bog, blickte er ganz schnell auf die Uhr und kehrte dann wieder um, als ob er etwas vergessen hätte, denn am Tischchen neben dem Eingang hatte er Dragan mit seinen zwei Kollegen gesehen.

Fast schlug er Haken über die Straßen und Trottoirs, bis er bei der Paninoteca war, wo Tamilen überbackene Baguettes feilboten; er kaufte sich eine mit Käse und Spinat, nahm ein Mineralwasser dazu und erreichte dann in einem Zickzackkurs wieder sein Büro.

Am Abend war es nicht seine Frau, die ihn fragte, was er habe, sondern er fragte sie, denn er sah sofort, daß sie etwas bedrückte.

»Da war ein anonymer Anruf«, sagte sie. Der Anrufer habe, nachdem sie sich gemeldet hatte, einfach eine Weile gar nichts gesagt, und dann wieder aufgehängt.

Ob sich nicht jemand verwählt haben könnte, fragte Charles.

Sie glaube nicht, sagte Olivia, sie habe das Gefühl, das sei Absicht gewesen.

Sexuelle Belästigung?

Nein, aber sie hätte den andern atmen gehört.

Ein Mann?

Ja, ganz klar, und Straßengeräusche, also entweder vom Handy oder von einer Telefonsäule aus.

»Der Sauhund«, sagte Charles.

»Weißt du, wer es ist?«

»Zu 99%«, sagte Charles, und dann erzählte er ihr, daß Dragan ihn verfolge, seit er aus dem Bahnhofladen entlassen worden war.

»Aber er hat dich nicht direkt bedroht?«

»Das nicht, er läßt bloß keinen Zweifel offen, daß er mich im Visier hat.«

Ob Charles versucht habe, mit ihm zu sprechen?

Das habe ihm nicht ratsam geschienen, vor allem, wenn dieser noch zwei andere dabei habe.

»Hast du Angst?« fragte Olivia.

»Habe ich Angst? Ich weiß nicht, aber sicher kein gutes Gefühl.«

Olivia schlug ihm vor, wenn er Dragan das nächstemal allein sehe, auf ihn zuzugehen und ihn anzusprechen. Vielleicht wolle er nur hören, daß es Charles leid tue, daß er entlassen worden sei.

Gut, sagte Charles, das werde er tun, aber wirklich nur, wenn Dragan allein sei. Er habe keine Lust, zusammengeschlagen zu werden. Und sie solle doch bitte auch auf sich aufpassen, jetzt, wo man damit rechnen müsse, daß er wisse, wo sie wohnen und wer sie seien.

Aufpassen, wie?

Zum Beispiel, wenn es zweimal klingle, nicht gleich den Türöffner drücken, sondern zuerst zum Fenster hinaus nach unten schauen, ob es wirklich der Postbote sei, und wenn sie das Haus verlasse oder wenn sie zurückkomme, sich versichern, daß Dragan nicht in der Nähe stehe. Als er ihr Dragans Aussehen schilderte, sagte Olivia, so sähen aber ziemlich viele aus. Das könne sein, meinte Charles, aber an seinem stechenden Blick werde sie ihn sofort erkennen.

Philipp brannte darauf, nach dem Abendessen mit seinem Vater eine Partie Schach zu spielen, denn er hatte am Nachmittag gegen den Computer gekämpft, und

Charles spielte so unkonzentriert, daß er zum erstenmal gegen seinen Sohn verlor. Der Junge jubelte, und Charles sagte, das nächstemal werde er keine Chance mehr haben.

»Papi, wieso prügeln die Jugos immer?« fragte ihn Philipp, als er die Figuren neu aufstellte.

»Tun sie das?« fragte Charles.

Ja, in ihrer Klasse schon, heute hätten sie Ramón in der Unterführung abgepaßt und ihn verhauen.

»Warum denn?« fragte Charles.

Ramón rufe ihnen eben immer nach, alle Jugos seien schwul.

Charles antwortete ihm, erstens solle er nicht Jugos sagen, das sei abwertend, und von Ramón sei das natürlich ziemlich dumm gewesen, das wäre etwa dasselbe, wie wenn ihm die Serben oder Kroaten oder Bosnier nachrufen würden, alle Spanier seien Weiberschmekker.

»Das tun sie ja auch«, sagte Philipp.

Charles seufzte. Es sei nie gut, wenn man andern sage, sie gehörten zu dem und dem Volk und deshalb seien sie so und so. Das heiße, daß man den andern nicht mehr als Mensch anschaue, und dafür gebe es ein Wort, das er bestimmt schon gehört habe.

»Rassismus«, sagte Philipp und strahlte.

»Genau«, sagte sein Vater und stellte seinen Bauer auf e4.

»Und Rassismus ist nicht gut«, sagte Philipp, während er ihm seinen Bauern auf e5 gegenübersetzte.

»Nein, gar nicht. Aus Rassismus kann es Krieg geben.«

»Ist eigentlich Schach auch Rassismus?« fragte Philipp weiter.

»Wie kommst du denn darauf?«

»Weil die Weißen gegen die Schwarzen spielen.«

Charles mußte lachen und dachte dann, wie leicht es war, einem Kind zu erklären, daß Rassismus nicht gut ist, und wie schwer es war, diese Erkenntnis auch anzuwenden.

Am nächsten Morgen stand Dragan bereits auf dem Perron, als die S-Bahn einfuhr. Rusterholz faßte ihn ins Auge und steuerte direkt auf ihn zu, doch da stieg Dragan ein, Rusterholz rannte zur selben Türe, stieg ebenfalls ein und ging durch den unteren und den oberen Stock, ohne ihn zu finden. Die Leute standen so dicht vor den Türen zu den nächsten Waggons, daß er es schließlich aufgab. Auf dem Hauptbahnhof sah er keine Spur mehr von Dragan.

Er erblickte ihn erst wieder, als das Tram kam. Dort stand er mit einem seiner Kollegen zuhinterst, und als es weiterfuhr, ohne daß Rusterholz eingestiegen war, warf ihm Dragan aus dem wegfahrenden Tram seinen stechenden Blick zu.

Wieder versuchte sich Rusterholz vorzustellen, welchen Weg Dragan genommen haben könnte, und wieder mußte er sich sagen, daß es zwar unwahrscheinlich, aber möglich war, falls dieser sofort durch den Hinterausgang des Bahnhofs zur dort gelegenen Tramhaltestelle gelaufen wäre.

Rusterholz ging vom Bahnhof aus zu Fuß zu seinem Arbeitsplatz, und er wählte nicht den Weg, welcher der Tramlinie folgte.

Am Abend setzte er sich für die Heimfahrt vorsichtshalber in die 1. Klasse und ärgerte sich über vier Mädchen, die laut lachend in einem Abteil saßen und denen man auf den ersten Blick ansah, daß sie keine Billette 1. Klasse hatten; das kam immer mehr auf, daß Junge das taten und einfach hofften, es gebe keine Kontrolle, aber dann sollten sie bitte nicht auch noch die andern Passagiere stören. Rusterholz überlegte sich, ob er sie zurechtweisen sollte, bis er merkte, daß er ja selbst auch ohne 1. Klasse-Billett fuhr.

Am Abend ging er mit Olivia und Philipp noch ein bißchen in den nahe gelegenen Park. Es gab dort einen Teich, an dem sie ab und zu ihr altes Brot den Enten verfütterten, und Philipp hatte heute diesen Vorschlag gemacht. Nach der Raubtierfütterung, wie sie Olivia scherzhaft nannte, setzten sie sich auf die Ufersteine, und Philipp versuchte mit einem Stecken Blätter zu erreichen, die in der Nähe des Ufers schwammen.

»Siehst du«, sagte Charles leise zu Olivia, »dort drüben sitzt er.«

»Wer?«

»Dragan. Es ist der mittlere von den dreien.«

Auf der andern Seite des Teiches saßen drei junge Männer mit Lederjacken und tief ins Gesicht gezogenen Mützen, einer davon telefonierte mit seinem Handy, und Dragan schaute wie zufällig zu ihnen herüber.

»Gut«, sagte Olivia, »ich hab ihn gesehen. Gehen wir?«

Sie brachen sofort auf, nicht zur Freude von Philipp, der noch bleiben wollte und seinen Vater auf dem Weg zur Tram fragte, ob Dragan ein Jugo sei.

115

»Man sagt nicht Jugo!« herrschte ihn Charles an, so heftig, daß Philipp zusammenzuckte und schwieg.

Als Olivia ihren Sohn zu Bett gebracht hatte, erzählte ihr Charles von der Episode heute morgen und sagte dann, wie sehr es ihm mißfalle, daß Dragan sie vorhin zu dritt gesehen habe und ob sie finde, man müsse Philipp irgendwie warnen.

Olivia war unsicher, und am nächsten Morgen, nachdem Charles zur Arbeit gegangen war, rief sie Philipp eine allgemeine Warnung vor fremden Männern in Erinnerung, mit denen man nicht gehen sollte.

Philipp sagte, das wisse er schon, und fragte, ob sie das wegen der drei Ju-, wegen der drei Männer sage, die gestern am Teich gesessen seien.

»Wenn du's genau wissen willst, ja. Einer ist wahrscheinlich böse auf Papi.«

»Dragan, der in der Mitte«, ergänzte Philipp.

»Dann weißt du ja Bescheid«, sagte seine Mutter.

»Klar«, antwortete Philipp, »der ist doch wegen Papi aus dem Laden geflogen.«

Es verging nun kein Tag, an dem sich Dragan nicht auf irgendeine Art bemerkbar machte, sei es, daß er am Vorortsbahnhof oder am Hauptbahnhof auf Rusterholz wartete, sei es, daß er im Stehcafé in der Stadt neben der Tür saß oder daß er auftauchte, wenn die Schule aus war, und Philipp seinen stechenden Blick zuwarf, denn dieser hatte sich ihn gemerkt und erzählte seinen Eltern jedesmal, wenn er ihn gesehen hatte. Auf die Frage, ob er ihn irgendwie bedroht habe, sagte Philipp, nein, er stehe einfach auf der andern Straßenseite. Als wieder ein Telefonanruf kam, ohne daß sich der Anrufer meldete, nannte ihn Olivia bei seinem Namen und sagte, er solle doch einmal sagen, was er gegen sie habe, aber die Verbindung brach wieder ab, ohne daß ein Wort gefallen wäre.

Wenn er sich Rusterholz zeigte, dann meistens in Begleitung eines oder zwei seiner Kollegen, und war er allein, gelang es ihm stets, sich einer direkten Begegnung zu entziehen.

Sie hatten sich schon überlegt, ob sie zur Polizei gehen sollten, waren aber bis jetzt davor zurückgeschreckt, vor allem Charles fand das zu dramatisch und fürchtete, bei der Polizei würde man sie auslachen. Dragan hatte nie Anstalten gemacht, tätlich zu werden, und konnte man jemandem verbieten, am Bahnhof zu stehen oder am Straßenrand? Am ungemütlichsten war ihnen, daß er ihren Sohn kannte, und Olivia richtete es öfters so ein, daß sie bei Schulschluß in der Nähe des Schulhauses war, ohne daß es aussah, als hole sie Philipp ab, denn das wollte er nicht. Im übrigen hatte sie die Hoffnung, all das höre von selbst auf, sobald Dragan eine neue Stelle gefunden haben würde.

Es mochten etwa drei Wochen vergangen sein, als Rusterholz einen stummen anonymen Anruf im Büro bekam. Sofort sprach er Dragan an und sagte ihm, er werde ihn anzeigen, wenn er nicht Schluß mache mit seinen Belästigungen. Empört hängte er auf, als nur noch das Besetztzeichen zu hören war, und war entschlossen, nach der Arbeit den Polizeiposten aufzusuchen.

Als er aus dem Vorortsbahnhof trat, hörte er eine äußerst eigenartige Musik. Zuerst glaubte er, es handle sich um eine Fasnachtsclique, dafür war es aber noch viel zu früh, auch klang sie zu gut organisiert, es war etwas Schnelles, Schneidendes, Gehetztes darin, Blechinstrumente wurden von einer Pauke angetrieben, als zöge eine Schwadron Janitscharen durch das Quartier. Er betrat den Marktplatz, woher die Töne kamen, ging an den Schachspielern vorbei und bemerkte einen Serben, der mit einem Inder spielte, einem Inder mit einem Turban, der siegesbewußt lächelte, während der Serbe stirnrunzelnd mit seinen Sekundanten tuschelte. Nun zog aus der Querstraße langsam eine Gruppe Musikanten auf den Platz, Rusterholz näherte sich ihr und blieb stehen, fasziniert von der schmissigen Musik, die er nirgends beheimaten konnte. Es waren lauter Männer in dunklen, etwas schäbigen Anzügen, die aus Trompeten und Posaunen ihre Rhythmen und Melodien schmetterten, und neben ihnen her ging einer, der wohl ihr Leiter oder Manager war, und verteilte Zettel an die Passanten. Rusterholz machte ein paar Schritte auf ihn zu und bekam von ihm auch einen Zettel in die Hand gedrückt, auf dem der Name des Orchesters stand und das Lokal, in dem sie heute abend auftraten. Rusterholz blieb stehen, ließ die Männer mit ihren Instrumenten an sich vorbeiziehen, las noch einmal auf dem Zettel den Namen, Orkestar Salijeviè, und als er die Augen wieder hob, stand auf der andern Straßenseite Dragan, ganz allein, und blickte zu ihm herüber.

Im ersten Moment wollte Rusterholz auf ihn zugehen, aber auf einmal verließ ihn der Mut. Woher wußte er, ob Dragan nicht ein Messer trug? Er drehte sich um und beschloß, in einem Umweg auf den Polizeiposten zuzugehen. Sollte ihm Dragan folgen, würde er den Beweis sozusagen gleich mitbringen. Dragan folgte ihm tatsächlich, und auf einmal hatte Rusterholz große Angst, dieser könne ihm etwas antun, bevor er den Posten erreicht hätte. Er beschleunigte seine Schritte und kam zu einer Ampel, die Rot anzeigte. Trotzdem überquerte er die Tramschienen und kam zur Insel, auf der die nächste Ampel auf Rot stand. Zwei Lieferwagen warteten auf der ersten Spur vor dem Fußgängerstreifen, die zweite war frei, so daß Rusterholz rasch an den wartenden Autos vorbei über die Straße ging und von einem Motorrad erfaßt und durch die Luft geschleudert wurde. Mitten auf der Kreuzung schlug er auf dem Boden auf, wollte sich wieder erheben, aber irgend etwas Schweres hinderte ihn daran.

Als sich Dragan über ihn bückte, hatte sein Blick alles Stechende verloren, sondern wirkte zutiefst erschrocken. Er hielt Rusterholz ein Taschentuch an das Ohr, welches sich sogleich tiefrot verfärbte.

Charles versuchte Atem zu holen, aber seine Lungen schienen Löcher zu haben. »Dragan«, sagte er keuchend, während das Gesicht über ihm schon vor seinen Augen verschwamm, »was … willst du …?«

Der andere schob ihm behutsam die Hand unter den Kopf, beugte sich ganz nahe zu ihm und flüsterte: »Ich bin Mirko. Soll ich jemandem etwas ausrichten?«

Die Schenkung

Letzthin war ich zum 60. Geburtstag eines Freundes eingeladen und traf dort alte Bekannte, die ich seit langem nicht mehr gesehen hatte. Es ergab sich, daß ich beim Kaffee mit einem Juristen, einer Regisseurin und einem Fotografen in einer Ecke saß, wir waren alle etwa im selben Alter, und das Gespräch kam auf die veränderten Arbeitsbedingungen in unseren Berufen und auf die veränderten Zeiten überhaupt. Als der Jurist sagte, einer der Vorteile des heute überall spürbaren Abbaus von Verwaltung sei doch ein gewisser Rückgang der Bürokratie ganz allgemein, beklagte sich die Regisseurin darüber, daß sie oft das Gefühl habe, sie müsse heute mit jedem ihrer Projekte wieder bei Null anfangen und daß sie immer öfter den Bescheid erhalte, die eine Stelle gebe nur etwas, wenn die andere Stelle ebenfalls etwas gebe, und wie sie ihre Exposés und Gesuche so breit wie möglich streuen müsse und die Suche nach Mitteln mittlerweile viel mehr Zeit verschlinge als die Arbeit selbst, so daß sie persönlich unter dem Eindruck stehe, die Bürokratie nehme zu, nicht ab. Während ich mir noch überlegte, wo und wann ich zuletzt in bürokratischen Ärger verstrickt gewesen war, sagte der Fotograf lächelnd, ob wir Lust hätten, ihm einen Moment zuzuhören, er könne uns zu dieser Frage eine Geschichte erzählen, die ihm passiert sei. Natürlich hatten wir Lust, wir schenkten uns nochmals Kaffee nach, lehnten uns zurück, und er berichtete uns im folgenden, was er mir weiter zu erzählen ausdrücklich erlaubt hat.

»Ich bekam«, begann er, »für ein Buch, zu dem ich Fotos beigesteuert hatte, einen Check, und da es sich um Tantièmen auf Prozentbasis handelte, lautete der Check nicht auf einen runden Betrag, sondern auf Fr. 202.36. Er war auf eine Bank ausgestellt, von der sich eine Filiale in meiner Nähe befindet, und so ging ich eines Tages, als mir gerade das Bargeld ausging, bei dieser Bank vorbei und legte am Schalter den Check mit meiner Identitätskarte vor. Der Bankangestellte, ein jüngerer Mann mit tadelloser Krawatte und pomadisiertem Haar, fragte zuerst, ob ich bei ihnen ein Konto habe, und als ich verneinte, notierte er sich die Nummer meiner Identitätskarte und fragte mich dann, ob der Betrag von Fr. 202.36 in Ordnung sei. Ich nähme schon an, sagte ich, oder wieso er Zweifel habe. Wegen des Rappenbetrags, antwortete er, das sei doch unüblich. Es handle sich hier um einen prozentualen Anteil an verkauften Büchern, erklärte ich ihm, der Verlag nehme es offenbar genau, und wo denn das Problem sei. Das Problem sei, daß sie keine Rappenbeträge auszahlten. Er solle sich deswegen keine Sorgen machen, sagte ich, es genüge mir, wenn er mir 202.35 gebe. Das könne er nicht, entgegnete der Angestellte, da ja der Check auf 202.36 ausgestellt sei und er ihn genauso verbuchen müsse. Ihr könnt euch vorstellen, daß ich ziemlich baff war. Das werde ja wohl nicht heißen, daß ich wegen eines Rappenbetrags mein Geld nicht ausbezahlt bekomme, sagte ich, da müsse es doch irgendeine Lösung geben. Am einfachsten wäre es, sagte der junge Mann, ich würde bei ihnen ein Konto eröffnen, dann könnten sie mir den ganzen Betrag gutschreiben und ich könnte auch sogleich z. B. 200 Franken abheben. Nun wurde ich bokkig. Ich habe ein Konto bei einer der Großbanken, ich habe ein Konto bei einer ethisch einwandfreien Bank, und ich habe durch meine Erbschaft ein Konto auf einer Regionalbank, und das genügt mir, ich wollte nicht noch ein zusätzliches Konto bei einer weiteren Bank, sondern ich wollte eigentlich nur schnell die zwei Hunderter abholen.

Sonst müßte ich halt den Check wieder an den Aussteller zurückschicken und ihn bitten, den Rappenbetrag abzurunden oder mir auf die nächste Auszahlung gutzuschreiben.

Bei diesem Vorschlag muß sich mein Gesichtsausdruck stark verändert haben, denn der Angestellte hob abwehrend beide Hände hoch und wandte sich hilfesuchend nach hinten. Dann bat er mich einen Moment um Entschuldigung, verließ den Schalter und stellte sich weiter hinten vor den Schreibtisch seines Vorgesetzten, eines älteren Mannes mit einer Glatze und einer Hornbrille, der natürlich gerade telefonierte. Es dauerte ein paar Minuten, bis dieser sein Gespräch beendet hatte, und nun legte ihm mein Schaltermensch offenbar meinen Fall dar, der Mann blickte kurz durch seine Brille zu mir herüber, etwa so wie der Chef eines Polizeipostens, dem gerade ein Kleinkrimineller zugeführt wird.

Dann nahm er den Check in die Hand und kam zu mir, gefolgt vom Angestellten, der am Problem gescheitert war.

›Herr Kilchenmann‹, sagte er mit erzwungener Freundlichkeit zu mir, ›Sie möchten nicht ein Konto bei uns eröffnen?‹

›Nein‹, sagte ich, ›wirklich nicht. Tut mir leid.‹

›Das tut uns auch leid‹, sagte der Vorgesetzte mit dem Anflug eines Lächelns, ›das Problem ist eben –‹

›Ich weiß‹, sagte ich, ›aber ich schenke Ihnen diesen Rappen!‹

›Sie schenken uns diesen Rappen?‹ fragte der andere ernst, während sein Angestellter den Kopf hinter seiner Schulter hervorstreckte.

›Aber gern und von Herzen‹, sagte ich, und fügte hinzu, ›wissen Sie, ein Rappen ist auch nicht mehr, was er früher war.‹

Der ältere Herr überhörte diesen Scherz und sagte, das lasse sich machen und ich solle mich einen Augenblick gedulden, er werde gleich das nötige Formular holen, es sei eins, das sie eben nicht alle Tage bräuchten. Damit ging er zum Schalterraum hinaus, um erst nach ein paar weiteren Minuten wieder zurückzukommen, drei Blätter flatterten in seiner Hand, und hinter ihm her kam, ob ihr's glaubt oder nicht, eine Sekretärin, die eine elektrische Schreibmaschine in den Armen trug.

›Das Problem ist, Herr Kilchenmann‹, sagte er zu mir, ›daß die Schenkungsformulare noch nicht computerisiert sind, daß wir sie also noch mit der Maschine ausfüllen müssen. Haben Sie an das Durchschlagpapier gedacht, Frau Velazquez?‹ Daran hatte sie nicht gedacht, sie glaubte, sie würden eine Fotokopie machen, sagte sie. Nicht bei den Schenkungsformularen, die müssen echt sein, da jedes eine Nummer trage, sagte der

Herr mit der Hornbrille, der sich inzwischen als Herr Hirschi vorgestellt hatte.

›Hören Sie‹, begann ich, ›das wird mir zu kompliziert, ich glaube, ich schicke den Check meiner Bank, die soll ihn dann meinem Konto gutschreiben.‹

Herr Hirschi versicherte mir, es dauere bestimmt nicht lange, und ich merkte, daß ich meine Bancomat-Karte nicht dabei hatte, daß ich also sonst nochmals nach Hause müßte, und während der junge Angestellte unter den Schalter kroch, um eine Steckdose für die Schreibmaschine zu suchen, beschloß ich, hier zu bleiben und auf mein Geld zu warten.

Frau Velazquez brachte nun das Durchschlagpapier, spannte die Formulare in die Schreibmaschine ein, welche sie behelfsmäßig auf die Theke hinter dem Schalter gestellt hatte, und begann meine Personalien abzufragen. Die Neugier der Bank reichte bis zu meiner Konfession, und als ich deswegen eine Bemerkung machte, sagte Herr Hirschi, der zusammen mit dem pomadisierten Jungen hinter Frau Velazquez stand und darüber wachte, daß diese alles richtig eintrug, es sei dasselbe, was auch auf den Steuerformularen stehe, da eine Kopie davon ohnehin an die Steuerverwaltung gehe. Das bringe aber für mich, fuhr er sogleich fort, gar keinen Nachteil, da ich ja der Schenkende sei, nicht der Beschenkte.

›Eben‹, sagte ich sarkastisch, ›der Beschenkte sind ja Sie, die Bank.‹

›Richtig‹, sagte Herr Hirschi, ›und *wir* müssen die Schenkung auch versteuern.‹

›Den Rappen?‹ fragte ich ungläubig.

›Sie können sich ja denken, daß es nicht der einzige ist‹, sagte er bedeutungsvoll und fragte mich dann, ob ich zufällig meine AHV-Nummer im Kopf habe.

Könnt ihr eure AHV-Nummer auswendig? Na also.

›Nein‹, sagte ich, ›nein, leider nicht.‹

Er wäre mir sehr verbunden, wenn ich ihn später noch anrufen würde, um ihm die Nummer mitzuteilen, sagte Hirschi, drängte sich an der Sekretärin vorbei und schob mir sein Kärtchen zu. Die Unterlagen blieben solange bei ihm, und er könne in diesem Fall eine Ausnahme machen und die Schenkung auch ohne meine vollständigen Angaben im Namen seiner Bank annehmen.

›Was ist der Zweck der Schenkung?‹ fragte nun Frau Velazquez und gab mir einen tiefen Blick aus ihren dunklen Augen.

Auf diese Frage war ich nicht vorbereitet, wohl aber Herr Hirschi.

›Wir schreiben in einem solchen Fall meistens: Gefälligkeit‹, sagte er kulant.

Das ärgerte mich, und ich schlug etwas anderes vor: ›Vereinfachung einer pekuniären Komplikation.‹

Alle drei richteten nun ihre Augen auf mich, als hätte ich eine schwere Kränkung ausgesprochen.

›Ja‹, sagte ich, ›darum geht es doch, nicht um Gefälligkeit.‹

Fragend drehte sich Frau Velazquez zu Herrn Hirschi.

›Wir können es natürlich auch so schreiben, wenn Ihnen das besser gefällt‹, sagte er, und sie hämmerte meine Formulierung in die Tasten.

›Herr Brassel, reichen Sie bitte Herrn Kilchenmann

die Formulare zur Unterschrift‹, sagte er zum Jungen, nachdem die Velazquez diese aus der Schreibmaschine gezogen hatte. Sie durfte nun gehen, und während mir der junge Brassel die Formulare sorgfältig hinüberreichte, nahm die Sekretärin die Schreibmaschine unter den Arm, drehte sich um und wollte gehen, doch da spannte sich das Kabel, und die Maschine fiel krachend zu Boden, Frau Velazquez schrie auf, daß sich alle, Angestellte und Kunden, zu unserm Schalter umdrehten und vor allem mich anblickten, als führte ich gerade einen Raubüberfall durch.

Frau Velazquez und Herr Hirschi tauchten nun hinter dem Schalter ab, um die Maschine vom Boden der Bank zu bergen und das Kabel aus der Steckdose herauszuziehen, und ich signierte als Endunterzeichner drei Formulare, auf denen ich bestätigte, daß ich der Bank den Betrag von 1 Rp. schenke, und gab sie dann wieder zurück, denn nun mußten sie auch noch von Hirschi gegengezeichnet werden.

Dessen Kopf stieg tiefrot von unten hinter dem Schalter auf, und auch Frau Velazquez, deren schwarze Haare ihr über das Gesicht gefallen waren, rappelte sich wieder hoch und trug die Maschine sichtlich verärgert und mit schnellem Schritt aus dem Schalterraum.

Hirschi setzte dreimal seine Unterschrift hin und ließ mir durch den jungen Brassel ein Exemplar des Schenkungsformulars hinausreichen. Damit stünde der Barauszahlung nichts mehr im Wege, sagte er, er warte dann bloß noch auf meinen Anruf wegen der AHV-Nummer.

›Vielen Dank für die Mühe‹, sagte ich, faltete das Papier zusammen, steckte es ein, sagte ›Auf Wiedersehen‹ und wendete mich zum Gehen, da rief mir der Angestellte nach: ›Und Ihr Geld?‹

Fast wäre ich ohne mein Geld gegangen. Als ich die 202.35 einstrich, hatte ich das Gefühl, die hätte ich wirklich verdient, oder was findet ihr?«

Unsere Reaktionen gingen von »Das kann man wohl sagen!« bis »Ist das wirklich wahr?«

Die Regisseurin stand auf und fragte, wer von uns ein Tiramisu vom Dessertbuffet wolle, und da alle eins wollten, anerbot ich mich mitzugehen. Der Fotograf ermahnte uns, bald zurückzukommen, denn die Geschichte sei noch nicht zu Ende. Wenig später saßen wir wieder in der Ecke, löffelten das Tiramisu auf unsern Knien, und der Fotograf fuhr fort:

»Natürlich vergaß ich, den Hirschi wegen meiner AHV-Nummer anzurufen, für einen Rappen war mir das wohl auch zu läppisch, und offenbar hatte auch Hirschi anderes zu tun, jedenfalls war für mich die Sache längst erledigt und vergessen, als ich einen Anruf des kantonalen Steueramtes erhielt mit der Frage, ob ich, Kilchenmann Armin, die AHV-Nummer soundso habe. Ich schaute nach und bestätigte dies, und dann fragte ich, worum es denn gehe. Um die Schenkung, die ich vor zwei Jahren einer Bank gemacht habe, es habe dort auf dem Formular meine AHV-Nummer gefehlt, und sie hätten sie nun nachgetragen und wollten sich nur versichern, daß sie richtig sei. Ich lachte und fragte, ob sie keine größeren Sorgen hätten? Die Höhe des Betrags, sagte mir der Mann am andern Ende der Leitung, spiele keine Rolle, die Unterlagen müßten einfach korrekt sein. Ich wußte nicht, ob ich mich ärgern oder amüsieren sollte, und entschied mich dann für das zweite. Aber der Ärger kam schneller, als ich dachte.

Zwei oder drei Monate später rief mich ein Steuerkommissär an und bat mich, mit meinen Unterlagen bei ihm vorbeizukommen. Es ging um meine letzte Steuererklärung. Nun bin ich ja selbständig erwerbend, muß aber sagen, und das klingt jetzt vielleicht etwas bieder, daß ich mich irgendeinmal entschieden hatte, alle meine Einnahmen anzugeben, damit ich mich ohne schlechtes Gewissen über die Leute aufregen kann, die das nicht tun und ruhig in ihren Villen am Zürichberg sitzen, während ihr Geld auf irgendwelchen Off-shore-Banken für sie arbeitet. Allerdings ziehe ich auch minuziös alles ab, was man abziehen kann, und das ist bei meinen Berufsauslagen nicht wenig. Meine Selbsteinschätzungen wurden während mindestens dreißig Jahren akzeptiert, manchmal mit kleinen Korrekturen, und in der ganzen Zeit mußte ich nur ein einziges Mal auf dem Amt anmarschieren, deshalb war ich etwas erstaunt über diese Aufforderung.

Ich packte also meine Einnahmen- und Ausgabenbelege zusammen und fand mich zum abgemachten Termin bei meinem Steuerkommissär ein. Der betonte, daß es sich um eine Routinekontrolle handle, wie sie bei selbständig Erwerbenden von Zeit zu Zeit gemacht werde, und stellte mir einige Fragen, die ich alle anhand meiner Belege beantworten konnte. Ob das möglich sei, fragte er unter anderem, daß ich für den Fotoband über die Innerschweiz, den er selbst besitze und in dem etliche Fotos von mir seien, nur 202.35 bekommen habe. Ich war zuerst einmal geschmeichelt, daß er meine Fotos kannte, dann erklärte ich ihm, daß die 10% Urheberhonorar, die vom Verkaufspreis weggingen, unter allen beteiligten Fotografen proportional zu ihren Beiträgen verteilt werden, und zeigte ihm auch die Vergütungsmitteilung des Verlags, welche seinerzeit mit dem Check eingetroffen war.

Eigentlich wären es 202.36 gewesen, sagte der Beamte, nachdem er meinen Eintrag mit dem Verlagsbrief verglichen hatte.

›Ich habe aber‹, sagte ich, ›nur 202.35 bekommen, weil ich mir den Check bar auszahlen ließ und die Bank keine Rappen ausbezahlt.‹

Ob ich noch wisse, um welche Bank es sich gehandelt habe, fragte der Beamte.

Natürlich wußte ich das, sagte ihm auch, daß ich seither nie mehr ein solches Theater um einen solchen Betrag erlebt hätte.

In dem Zusammenhang wolle er mich fragen – und nun merkte ich, daß er erst zu dem kam, weswegen er mich vorgeladen hatte – wie es komme, daß ich auf der Donatorenliste ebendieser Bank stünde.

Ich glaubte mich verhört zu haben. ›Donatorenliste?‹ fragte ich, ›Donatorenliste?‹

Diese Privatbank habe immer wieder Schenkungen von Kunden entgegengenommen, die sie dann in ihre Stiftung habe fließen lassen, wodurch diese Beträge dem Fiskus entzogen worden seien.

Ob das nicht ein allgemein bekannter Zweck von Stiftungen sei, warf ich ein.

Wenn es wirklich eine Stiftung sei, ja, sagte er, aber bei dieser Stiftung seien große Unklarheiten aufgetaucht, die das Delikt des Steuerbetrugs vermuten ließen, und bei einer Kontrolle sei mein Name bei diesen Schenkungen auch aufgetaucht. Wie hoch denn der Betrag sei, den ich der Bank geschenkt habe.

›1 Rappen‹, sagte ich.

Es gehe hier um eine ernste Sache, und er bitte mich, keine Witze zu machen, sagte der Beamte, der übrigens Schellenberg hieß.

Ich erzählte ihm, was sich damals abgespielt hatte, und er hörte so ungläubig zu wie ihr vorhin. Dann fragte er mich, ob ich eine Kopie des Schenkungsformulars habe. Ich hatte mich aber damals so geärgert, daß ich mein Formular sofort weggeworfen hatte.

›Aber *Sie* werden doch eins haben‹, sagte ich, ›es hat mich deswegen sogar mal jemand angerufen vom Steueramt.‹

Wer denn das gewesen sei, welche Abteilung.

Ich hätte wirklich anderes zu tun, als mir solche Bagatellen zu merken, sagte ich. Ich könne mich an keinen Namen und keine Abteilung erinnern. Und wieso er denn das Formular nicht habe, wenn er schon meinen Namen habe.

Die Unterlagen seien bei der Bezirksanwaltschaft, welche gegen die Bank ermittle, und seine Abteilung habe nur die Namen der Donatoren bekommen, und da sei ihm eben der meine auch aufgefallen.

›Hören Sie mal‹, sagte ich, und nun wurde ich lang-

sam aufgebracht, ›da bahnt sich ein gigantisches Mißverständnis an, ich wurde von der Bank gezwungen, ihr
einen Rappen zu schenken, weil sie ihn mir nicht auszahlen wollte, obwohl er auf dem Check stand.‹

Ich müsse zugeben, daß das nicht sehr wahrscheinlich klinge, sagte Schellenberg, und es sei sehr schade,
daß ich den Beleg nicht aufbewahrt habe.

›Wer bewahrt denn einen Beleg über einen geschenk-
ten Rappen auf?‹ sagte ich, ›hier haben Sie alle meine
Ausgabenbelege, da sind sogar Telefonate für 1.20 oder
Fotokopien für 2.50 dabei, aber 1 Rappen liegt einfach
unterhalb jedes vernünftigen Buchhaltungsinteresses!‹

Es falle ihm eben auch auf, sagte Schellenberg, daß
mein Vermögen in den letzten Jahren konstant abgenommen habe, und er frage sich, ob das mit Schenkungen an die besagte Privatbank zu tun habe.

Das habe damit zu tun, daß ich vor Jahren eine Erbschaft gemacht habe, übrigens korrekt versteuert, und
mir seither Ausgaben gestatte, die ich mir sonst nicht
leisten könnte, sagte ich mit wachsendem Unmut, und
er solle sich doch bitte an die Realität halten.

Das tue er, aber es gehe ihm um ein paar Lücken in
dieser Realität.

Ich bat ihn um ein Telefonbuch, damit ich gleich von
hier aus Hirschi anrufen und ihn wegen der Donatorenliste zur Rede stellen könne. Bei dieser Gelegenheit
könne er ihm, sagte ich, auch die Geschichte mit dem
Rappen bestätigen.

Ich bekam das Telefonbuch, ich bekam die Bankfiliale,
aber Herrn Hirschi bekam ich nicht. Der arbeite nicht
mehr bei der Bank, wurde mir mitgeteilt. Ob man mir

sagen könne, wo er wohne, fragte ich, es handle sich,
fügte ich mit einem Seitenblick auf Schellenberg bei,
um etwas Wichtiges. Herr Hirschi, so lautete die Auskunft, sei leider gestorben.

Einen Moment lang war ich erschrocken, wie immer,
wenn mich eine Todesnachricht erreicht. Dann wurde
ich sachlich. Herr Hirschi ging mich wirklich nichts an,
und ich sagte zum Steuerbeamten, er könne machen,
was er wolle, er dürfe ruhig mein Einkommen um einen Rappen hinaufsetzen, ich hätte finanziell nicht das
geringste zu verbergen, und auch den Ermittlungen
der Bezirksanwaltschaft sähe ich mit Gelassenheit entgegen, was meine Schenkungen an die Bank betreffe.

Wieder zu Hause, rief ich nochmals die Bank an und
verlangte jemanden, der für Schenkungen zuständig war.
Über Schenkungen führten sie keine Telefongespräche,
klärte man mich dort auf, ich könne aber unter Mitnahme meiner Identitätspapiere jederzeit bei ihnen vorbeikommen und Herrn Brassel verlangen. Der Name
rief mir die Szene damals wieder in Erinnerung. Aha,
dachte ich, die Bank hat kalte Füße und schickt einen
Jungen an die Front.

Ich überlegte mir, ob sich dieser Gang lohne, angesichts eines Rappens, aber dann sagte ich mir, daß es ja
nicht um einen Rappen gehe, sondern um das Prinzip.

Zwei Tage später, als ich mit einem Auftrag etwas
früher fertig geworden war, ging ich zur Bank und verlangte Herrn Brassel. Ich glaubte einen Ausdruck von
Sorge im Gesicht der Dame zu erkennen, die mich im
Schalterraum abholte und mir mit ihrem Badge verschiedene Türen öffnete, bis ich in einem als ›Sitzungs-

zimmer 3‹ bezeichneten Raum saß und gebeten wurde, hier auf Herrn Brassel zu warten. Im Raum stand ein großer runder Tisch aus Tropenholz mit einem Computer, darum herum ein paar schwere Stühle, an der Wand hing ein Foto von Herbert Maeder, sein Alpabzug mit den Schafen in dichter Kolonne auf dem steilen Bergweg.

Ich war etwas überrascht, als nicht der junge Pomadige eintrat, sondern ein gesetzter Herr mit grauem, gescheiteltem Haar und sich als Brassel vorstellte.

Ich erzählte ihm die Episode mit dem Check und dem Rappen sowie das Nachspiel auf dem Steueramt und fragte ihn, wie es käme, daß ich auf der Donatorenliste ihrer Bank stehe, auf einer Liste, die zur Zeit bei der Bezirksanwaltschaft liege, nicht nur wegen Verdachts auf Steuerbetrug, sondern auch auf Geldwäscherei, wie ich inzwischen in der Zeitung gelesen hatte.

Herr Brassel lächelte. Das mit der Geldwäscherei sei absolut haltlos, genau so wie das mit dem Steuerbetrug, das werde die Untersuchung hoffentlich rasch zu Tage bringen, aber natürlich sei das für die Bank sehr ärgerlich, da ihr schon der bloße Verdacht schade. Daß ich auf die Donatorenliste gekommen sei, möge zwar angesichts der Geringfügigkeit des Betrags etwas merkwürdig anmuten, sei aber ein automatischer Vorgang bei ihnen. Wenn ich es wünsche, könne er meinen Namen sofort von dieser Liste löschen.

Natürlich wünschte ich das, er setzte sich an den Computer, gab ihm einige Daten ein, stieß dann offenbar auf meinen Namen, stutzte einen Moment, und fragte mich, ob ich den Schenkungsbeleg dabei hätte.

Nein, erwiderte ich leicht gereizt, nein, ich pflege Quittungen unter 5 Rappen nicht aufzubewahren, aber es sei außer dem verstorbenen Herrn Hirschi ein junger Mann seines Namens dabei gewesen. Mein Neffe, sagte er jovial, und fuhr dann fort, es sei in Ordnung, mein Name sei gelöscht.

Ob er das bitte auch der Bezirksanwaltschaft mitteilen könne, fragte ich.

Das gehe wohl nur im Rahmen einer Einvernahme, sagte er, maßgeblich sei dort das Material zum Zeitpunkt der Beschlagnahmung.

›Ich will aber nicht, daß mein Name auf der Donatorenliste Ihrer Bank steht‹, sagte ich.

Wenn ich das beim Gericht erreichen wolle, würde er mir empfehlen, einen Anwalt zu nehmen, was vielleicht ohnehin nicht das dümmste wäre, sagte er mit einem nochmaligen Blick auf den Bildschirm, bevor er das Programm schloß.

Ich gab auf. So wichtig sei es mir auch wieder nicht, ich hätte ohnehin schon zuviel Zeit mit dieser Bagatelle verloren. Aber das Vorgehen der Bank fände ich indiskutabel, schade, daß ich das Herrn Hirschi nicht mehr sagen könne – woran er übrigens gestorben sei, fragte ich plötzlich.

Brassel senior hüstelte. ›Tja ...‹, sagte er, ›er ist ... er hat uns verlassen.‹

›Selbstmord?‹ fragte ich.

Stumm hob Brassel Schultern und Hände.

›Und Ihre Stiftung? Womit beschäftigt sich die?‹

›Sie versucht, menschliches Leid zu lindern, und engagiert sich vor allem in Lateinamerika. Sie baut und unterhält in Venezuela soziale Einrichtungen für Waisen- und Straßenkinder.‹ Er forderte dann über die Gegensprechanlage eine Dokumentation an, die mir alsbald von Frau Velazquez mit den schwarzen Haaren gebracht wurde.

Ich könne diese Stiftung natürlich gerne mit einer freiwilligen Spende unterstützen, sagte mir der gepflegte Graue, und ich sagte dann, ich wolle lieber zuerst die Ergebnisse der Untersuchung abwarten.

Auf dem Heimweg dachte ich über Hirschis Tod nach. Für junge Menschen gab es genügend Gründe, sich umzubringen, auch für Lehrer, Künstler und Berufsoffiziere, aber wenn sich ein Bankangestellter umbringt, kann es fast nur um Geld gehen. Ob Hirschi mit dieser dubiosen Stiftung zu tun gehabt hatte? Ich blätterte zu Hause den Prospekt durch, es war das Übliche, im vorderen Teil Fotos von zerlumpten Kindern, die auf Abfallhalden nach Brauchbarem suchen, im zweiten Teil glücklich lachende Kinder mit Zahnlücken an einem Eßtisch vor gefüllten Tellern oder in sauberen T-Shirts auf einem kleinen Fußballplatz, und im Hintergrund ein schlichtes, sauberes Gebäude, das nun ihre Wohnstätte ist, ich hatte auch schon mal einen größeren Auftrag für eine Hilfsorganisation.

Am selben Abend klingelte das Telefon, und eine Frau, die sich als Roberta Heizmann vorstellte, fragte mich, ob sie mich aufsuchen könne, es gehe um besondere Aufnahmen, die sie machen lassen wolle, und sie möchte das mit mir besprechen. Ich mache ja Portraitaufnahmen, und von Frauen mache ich auf Wunsch auch besondere Aufnahmen, wenn ihr wißt, was ich damit meine, und so vereinbarten wir für den nächsten Tag ein Gespräch.

Es war eine sehr elegant angezogene und gut aussehende Dame, die dann vor meiner Tür stand. Ich schätzte sie auf etwas über 40.

›Sie wissen, weshalb ich komme?‹ fragte sie, als wir in meinem Arbeitszimmer saßen.

›Ich denke schon‹, gab ich zur Antwort und fragte sie, ob sie die Aufnahmen lieber in meinem Studio machen lassen wolle oder woanders.

›Was meinen Sie mit woanders?‹

›Was weiß ich, bei Ihnen zu Hause, am Swimming Pool, oder auf dem Pferd, dort, wo Sie eben wollen.‹

Die Dame lächelte und sagte, sie sähe, daß ich doch nicht wisse, warum sie komme. Es gehe um die Donatoren der Bank, zu denen ich offenbar auch gehöre, genau so wie sie.

›Oh‹, sagte ich, ›das ist ein Mißverständnis –‹ und wollte ihr erklären, wie es dazu gekommen war, aber sie ließ mich nicht ausreden.

›Das sagen die meisten, die ich darauf anspreche, aber Sie brauchen vor mir gar nichts zu verstecken, wir sind im Besitz der Donatorenliste, die bei der Bezirksanwaltschaft liegt, und wir finden, daß wir gemeinsam unsere Interessen verteidigen sollten.‹

›Wer ist wir?‹ fragte ich.

›Einige der Hauptbetroffenen‹, sagte sie.

›Na‹, sagte ich, ›da gehöre ich nun wirklich nicht dazu.‹

Auch das sagten die meisten, fuhr sie fort, und sie möchte mir nur mitteilen, daß sie in drei Tagen um

20 Uhr ein Treffen bei ihr zu Hause hätten, und sie legte mir ihr Kärtchen mit einer Adresse auf dem Zollikerberg hin. Ich könne es mir bis dahin immer noch überlegen, aber ein koordiniertes Vorgehen sei auf alle Fälle besser als ein zersplittertes. Es werde ein Anwalt ihres Vertrauens dabei sein, und sie dächten an eine Interessengemeinschaft, welche diesen auch bezahlen würde.

Die Frau war knallhart, und ob ihr es glaubt oder nicht, ich kam nicht dazu, ihr meine Geschichte mit dem Rappen zu erzählen, sie wollte sie einfach nicht hören.

Und ob ihr es glaubt oder nicht, ich ging da hin. Aus Neugier. Ich wollte wissen, was das für Leute waren, die ihr Geld in eine solche Stiftung butterten, und ich wollte wissen, was sie zu befürchten hatten, wenn diese Stiftung durchleuchtet wurde. Beim genaueren Studium der Dokumentation hatte ich nämlich eine eigenartige Entdeckung gemacht.

Ich mußte meinen alten Volvo-Kombi in einiger Entfernung von der Villa Heizmann parkieren, denn da stand schon eine Reihe von Mercedes' und BMW's davor. Ein richtiges Dienstmädchen mit einem Häubchen nahm einem den Mantel ab, falls man einen dabei hatte, ich hatte keinen, und auch die Tasche, die ich an einem Schulterriemen trug, wollte ich nicht abgeben, obwohl mir das ein überraschend junger Butler vorschlug. Dann wurde ich von der Hausherrin begrüßt und zu einem Buffet mit Snacks, Prosecco, Weißwein und Orangensaft geführt. Sie überlasse es den Besuchern, ob sie sich gegenseitig vorstellen wollten, sagte sie, da es sich um

138

eine Angelegenheit handle, in der Diskretion gefragt sei. Ein Hausherr war nicht zu erkennen.

Ich nahm ein Glas Orangensaft, biß in einen Grissini-Stängel und schaute mich um. Im Salon herrschte eine seltsame Stimmung. Ich sah nur zwei Grüppchen, die sich zu dritt unterhielten, die andern standen oder saßen einfach da und schauten auf das Glas in ihrer Hand. Einen davon kannte ich sofort, es war der Direktor einer Elektrizitätsgesellschaft, mit dem ich einigemale zu tun gehabt hatte, als ich deren Kraftwerke und Stauseen für ihre Jahresberichte fotografierte. Ich suchte seinen Blick, aber er vermied es, in meine Richtung zu schauen. Ich war vorsichtshalber in meinem dunklen Anzug erschienen, mit dem ich auch als Fotograf an gehobene Anlässe gehe, aber ich war deutlich der am schlechtesten angezogene Gast. Ein paar Frauen waren auch darunter, eine davon von bestürzender Schönheit, dann aber auch zwei alte Eulen, die ich als Schwestern ansah. Etliche rauchten, damit sie wußten, wohin mit den Händen, so daß auch ich keine Hemmungen hatte, mir eine Zigarette anzuzünden.

Nun begrüßte die Hausherrin die Anwesenden, erinnerte sie nochmals daran, daß absolute Diskretion im Interesse aller und somit selbstverständlich sei, und übergab dann ihrem Rechtsanwalt die Leitung des Treffens. Dieser eröffnete dem erlauchten Kreis, daß das Stiftungsvermögen so lange blockiert sei, bis die Ermittlungen der Bezirksanwaltschaft abgeschlossen seien. Das heiße aber auch, daß ihre Partnerbank in Venezuela die Zahlungen an sie vorderhand einstellen müsse. Wichtig für sie alle sei, daß der Zweck der Stiftung ein wohltätiger sei und daß sie, sollte je der Fiskus Einblick in die Zahlungen bekommen, sie diese wie mit der Bank abgemacht als Rendite eines lateinamerikanischen Risk-Fonds ausgeben müßten.

Das sei ja ungeheuerlich, sagten die beiden Eulen, sie hätten bereits den Umbau ihres Landsitzes in Alicante veranlaßt und wo sie denn jetzt das Geld dazu hernehmen sollten.

Der Anwalt fuhr dann fort, sie hätten natürlich alle gewußt, daß mit dieser Investition ein Risiko verbunden sei, und falls er von den Anwesenden ein Mandat in dieser Sache bekäme, ginge es vor allem darum, eine Klage wegen Steuerbetrugs abzuwenden, sowie darum, der Bank gegenüber den Anspruch auf das einbezahlte Vermögen geltend zu machen. Das erste sei leichter als das zweite, denn sie seien alle des guten Glaubens gewesen, eine steuerfreie Stiftung zu unterstützen, das zweite allerdings könne kaum auf gerichtlichem Weg, sondern nur bankintern hinter verschlossenen Türen erreicht werden, da sie das Geld ja offiziell gespendet hätten und sich die Bank schon vor zwei Monaten von Hirschis Stiftung distanziert habe, mit den allen bekannten bedauerlichen Folgen, und natürlich wäre es besser gewesen, wenn ihnen Hirschi als Verantwortlicher erhalten geblieben wäre. Trotzdem sei es nicht aussichtslos, da für die Bank ihr Ruf auf dem Spiel stehe und es ja auch so etwas wie Kundenbindung gebe.

Und dann kam der Hammer. Als der Anwalt bekannt gab, für alle, die heute abend hier seien, gehe es um Beträge von mindestens einer Million, und dann fragte, ob jemand da sei, der mit weniger drinhänge, meldete ich

mich, ohne allerdings meine bescheidene Investitions-
summe zu nennen, und da sagte doch der Anwalt, das
dürfte kaum möglich sein, denn auf die Donatorenliste
seien nur Kunden gesetzt worden, die von einer Million an aufwärts gespendet hätten. Ich winkte ab und
sagte, ich würde das gern am Schluß der Besprechung
unter vier Augen mit ihm bereden.

Die Sitzung wurde dann ziemlich chaotisch, indem
alle durcheinander zu sprechen begannen, es wurde ge-
zischelt, getuschelt, geschimpft, lamentiert, man hörte Vorwürfe, der Direktor der Elektrizitätsgesellschaft
sagte zur Schönen, nur ihretwegen sei er da hineinge-
schlittert, einen Vorwurf, den diese umgehend an die
Hausherrin weitergab, welcher offenbar in diesem Kreise eine besondere Bedeutung zukam, als hätte sie die
meisten zu dieser Geldanlage angestiftet. Man solle sie
bitte schonen, sagte ein Herr mit einem weißen Bärt-
chen, der neben ihr stand, sie hätte wirklich durch den
tragischen Tod ihres Freundes genug gelitten. Hirschi
mit Glatze und Hornbrille, der Freund der edlen Roberta? Und, als Retail-Banker getarnt, der raffinierte
Drahtzieher einer Geldwaschanlage oder wie oder was?
Mir kreiste der Kopf, als ich all das hörte, aber in einem ruhigen Moment sagte ich zu den Versammelten,
ich sei wohl bei den wenigen, die wirklich nicht wüßten, was es mit dieser Stiftung auf sich habe, aber ich
mache sie darauf aufmerksam, daß im Stiftungsprospekt
auf einem der Fotos aus Venezuela ganz klar der Illimani
im Hintergrund zu sehen sei, der höchste Berg Boli-
viens, den ich sehr gut kenne, und daß dies den Unter-
suchungsbehörden kaum entgehen dürfte. Die Ratlosig-

keit und der Katzenjammer waren mit Händen zu greifen, der einzige, der an diesem Abend profitierte, war der Anwalt, der sein Mandat bekam.

Als ich ihn später, nach Beendigung des offiziellen Teils, auf die Sache mit der Donatorenliste ansprach, ging er ein paar Schritte mit mir zum Steinway-Flügel, entnahm seinem Aktenkoffer ein Sichtmäppchen, das er auf den schwarzglänzenden Deckel des Instruments legte, und fragte mich nach meinem Namen.

›Ihre Anlage‹, sagte er mir nach einem Blick in die Liste, ›ist tatsächlich etwas eigenartig, sie beträgt 1 Million Franken und 1 Rappen.‹

Ich mußte mich am Flügel festhalten.

›Das kann ja nicht wahr sein‹, sagte ich, ›dieses Geld habe ich nie besessen.‹ Und dann erzählte ich ihm die Geschichte mit dem Check. Und natürlich stellte auch er mir sofort die elende Frage, ob ich den Schenkungsbeleg noch habe, und ich hätte mich ohrfeigen können, daß ich ihn weggeschmissen hatte, aber auf einmal tauchte das Formular vor meinem inneren Auge wieder auf, ich sah die 1 im zweiten Rappenfeld, ich sah die 0 davor, und es war mir, als ob links davon der große Balken, in den man den Frankenbetrag einfüllen konnte, aufblinke, er war leer, er war weder mit Nullen besetzt noch mit Strichen unschädlich gemacht, und wer immer illegales Geld zu deponieren hatte und einen Strohmann brauchte, konnte dort später in aller Ruhe seine Million eintragen.

Als ich mich von der Hausherrin verabschiedete und ihr sagte, ich beteilige mich nicht an dem gemeinsamen Anwalt, da ich in einer ganz anderen Art betrogen worden sei, bedauerte sie das sehr, doch als ich zur Tür hinausgehen wollte, trat mir der junge Butler in den Weg und bat mich, ihm meine Kleinkamera auszuhändigen, mit der ich aus der seitlichen oberen Öffnung der Mappe ein paar Bilder geschossen hatte.

›Oh‹, sagte ich, ›das hätte ich beinah vergessen‹, nahm sie heraus und gab sie nicht ihm, sondern Roberta Heizmann, indem ich ihr mit einer kleinen Verbeugung sagte, sie hätte mich doch um besondere Aufnahmen gebeten, hier seien sie, und sie könne sie nachher gleich am Computer ausdrucken. Der Butler schaute sie fragend an, sie nickte, und ich ging unbehelligt an der schön beleuchteten Statue eines griechischen Jünglings vorbei durch das Gartentor hinaus zu meinem Wagen.«

»Bravo!« rief die Regisseurin, »das ist ja filmreif! Könnten wir da nicht ein Drehbuch draus machen?«, während der Jurist und ich wissen wollten, wie es weitergegangen und was aus seiner Million geworden war.

»Wie es weitergegangen ist, wollt ihr wissen?« sagte der Fotograf. »Das wüßte ich selbst gerne. Die Versammlung war vor zwei Tagen. Gestern früh rief mich Roberta an und sagte, sie hätte kein passendes Verbindungskabel von meinem Apparat zum Computer und ob ich bei ihr vorbeikommen könne. Ihr Butler hat mir aber gar nicht gefallen, und ich schob einen größeren Auftrag vor, den ich leider zur Zeit gar nicht habe. Ebenfalls gestern traf eine Vorladung der Bezirksanwaltschaft ein, ich hätte nächste Woche zu einer Einvernahme zu erscheinen betr. Donatorenliste. Keine Ahnung, was mich da erwartet. Ich weiß z. B. nicht, ob man dort im Besitz meines von Hirschi oder wem auch immer frisierten Schenkungsformulars ist. Wenn ja, hätte ich wohl ziemliche Mühe, meine Geschichte mit dem Rappen plausibel zu machen, die ja schon ihr kaum glauben wolltet, und noch größere Mühe zu erklären, woher ich denn die gespendete Million haben sollte. Im übrigen verstehe ich überhaupt nicht, was hier läuft. Ich durchschaue den Trick mit dieser Stiftung nicht, ich nehme an, daß sie irgendein Alibihilfswerk in Venezuela hat, das seine Zahlungen an die Anleger bei uns als Kosten deklariert oder was weiß ich, in Lateinamerika kannst du dir jeden Beleg kaufen, aber letztendlich muß es sich um Geldwäscherei handeln. Die Bank wird alles auf ihren Angestellten schieben, dessen Selbstmord einem Schuldbekenntnis gleichkommt. Immerhin habe ich ein paar schöne Fotos, die ich vielleicht einmal gut verkaufen kann, wenn die Sache in ihrem ganzen Ausmaß publik wird, und das kann eigentlich nicht mehr lange dauern.«

»Ich dachte, du hättest deine Kamera abgeben müssen?« sagte ich.

»Nur die, die der Butler gesehen hat«, antwortete der Fotograf, »aber meine Streichholzschachtelkamera, die ich jedesmal abdrückte, wenn ich mir eine Zigarette anzündete, hab ich wieder mit nach Hause genommen. Die Bilder darauf sind erstaunlich scharf geworden, und ich hab gestern ein bißchen im Pressearchiv gestöbert und weiß nun von ein paar Leuten, wer sie sind. Ihr würdet euch wundern, wer da mit wem bei den Geschädigten ist.«

»Paß auf dich auf, Armin«, sagte die Regisseurin, und ich schloß mich dieser Ermahnung an.

»Sag mal«, fragte der Jurist, »wann mußt du zur Bezirksanwaltschaft?«

»Nächsten Dienstag«, sagte der Fotograf.

»Möchtest du, daß ich dich begleite?«

Der Fotograf schaute ihn nachdenklich an. »Danke«, sagte er, »das wäre vielleicht nicht schlecht.«

»Damit wir uns richtig verstehen«, fügte der Jurist hinzu, »ohne Honorar.«

»Das kommt nicht in Frage«, sagte der Fotograf, »und damit wir uns richtig verstehen, zahle ich es dir im voraus. Jetzt gleich.«

Er zog seinen Geldbeutel aus der Hosentasche, nahm ein Geldstück heraus und drückte es dem andern in die Hand.

»In Ordnung«, sagte dieser, als er sein Honorar angeschaut hatte, »ich komme.«

Das Kleid

Unsere Familie benützt die Waschküche von Mittwoch bis Freitag, und die zweite Familie im Haus von Samstag bis Dienstag. Das sind ausgiebige Wäschezeiten, und deshalb kommt es kaum je zu Gehässigkeiten im Keller, wie sie vor allem in Mehrfamilienhäusern bekannt sind. Bleibt einmal eine Wäsche länger hängen, nimmt sie die Nachfolgerin ab und legt sie auf den Tisch, bevor sie die eigene aufhängt, und auch der Filter ist nie verstopft, obwohl ich immer wieder vergesse, wo er sich befindet.

Am Mittwoch legen gewöhnlich meine Frau oder ich die erste Wäsche ein und versuchen mittels unübersehbarer Zettel die halbwüchsigen Töchter darauf aufmerksam zu machen, daß Wäsche aufgehängt werden muß. Dies wiederholt sich am Donnerstag, dann werden die Zettelnachrichten noch aufdringlicher, weil am Freitag unsere Haushalthilfe kommt, die möglichst viel trockene Wäsche abnehmen und möglichst viel nasse Wäsche aufhängen sollte. Natürlich versuchen wir die Töchter auch mündlich zum Wäschehängen zu bewegen; darauf pflegen sie entweder mit abwesendem Blick zu nicken, oder wir erfahren von unglaublichen Mengen von Hausaufgaben, mit denen sie in der Schule gequält werden. Wird tatsächlich eine Wäsche aufgehängt oder abgenommen, sprechen meine Frau und ich bereits von einem Erziehungserfolg.

Allgemein läßt sich sagen, daß es innerhalb unserer

Familie ein Kampf aller gegen alle ist, durch ständiges Aufrechnen und durch andauernde Vorwürfe geprägt, ein Kampf auch, in dem alle auf ihre Heldentaten pochen, wie mehrmaliges Aufhängen oder zusätzliche Durchgänge am ersten oder zweiten Tag, vor allem B-Wäsche betreffend. Wir haben nämlich zwei verschiedene Körbe eingeführt, einen für A-Wäsche und einen für B-Wäsche, worunter das weniger Dringliche fällt, also Bettlaken, Frottiertücher, Bodenlappen usw. Abgesehen von einer gewissen Befriedigung über die Nomenklatur mußten wir uns aber bald eingestehen, daß sich das effektive Quantum der Wäsche dadurch in keiner Weise verringerte.

Da sich also auf diese Art manchmal fünf Personen mit unserer Wäsche beschäftigen, meine Frau, ich, die beiden Töchter und die Haushalthilfe, kann es eine Weile dauern, bis ein Vorfall wie der, von dem ich erzählen möchte, auch wirklich bemerkt wird.

Einmal, als ich eines meiner Hemden unter den frisch geplätteten Wäschestücken suchte und nicht fand, fiel mir eine schwarze Jacke auf, sehr schmal geschnitten, mit einem violetten Mäandermuster an den Ärmeln und den Aufschlägen, ein Muster, welches durch goldene Borten verfeinert wurde; die Jacke hing, wie mir jetzt bewußt wurde, schon länger an einem Bügel, bestimmt eine Woche oder zwei, ohne daß sie von jemandem in Anspruch genommen wurde. Die Wäsche wird bei uns in einem kleinen Raum zwischengelagert, wo sich jedes Familienmitglied seine Stücke abholen sollte, um sie in seinen eigenen Schränken und Schubladen zu versorgen, etwas, das alle so lang wie möglich hinauszuschie-

ben versuchen. Geplättete Kleidungsstücke werden von
der Haushalthilfe nicht immer auch noch zusammen-
gelegt, sondern oft einfach auf einem Bügel an einer
Handtuchstange aufgehängt. Statt meines gesuchten
Hemdes, das sich somit noch irgendwo im Kreislauf zwischen A-Korb, Buntwäsche mit Schleudergang, Wä-
scheleine und trockener, aber noch nicht zusammenge-
legter Wäsche befinden mußte, hielt ich also diese Jacke
in die Höhe und rief meiner Frau zu, die gerade am Weg-
gehen war, ob das eigentlich ihre Jacke sei. Meine Frau
entgegnete nach einem oberflächlichen Blick etwas ha-
stig, sie kenne diese Jacke nicht und ich solle die Töchter fragen. Natürlich, dachte ich, die lassen ja alles hängen bis zum Moment, in dem sie es brauchen. Allerdings
hatte ich die Jacke noch nie an einer der beiden gesehen, gepaßt hätte sie vor allem zur jüngeren, die gerne
in fremdländischen Kleidern herumlief, welche sie auf
Flohmärkten oder Flüchtlingsfesten erstand. Die ältere
sprach von solchem Aufzug etwas verächtlich als Ethno-
look.

Nach dem Abendessen, zu dem ich mit meinen Töch-
tern allein war, bat ich Barbara, die 15jährige, ihre Jacke
mit dem lila Muster doch bitte endlich zu versorgen,
damit der Bügel wieder frei sei, zum Beispiel für eines
meiner Hemden. Was für eine Jacke ich denn meine,
fragte Barbara, wie immer in solchen Fällen mit ge-
spieltem Erstaunen. Als ich ihr das fragliche Stück im
Wäschezimmer zeigte, rief sie Anna, die ältere Schwester, und fragte sie, ob diese Jacke ihr gehöre. Anna gab
fast beleidigt zurück, ob Barbara wirklich glaube, sie
würde einen solchen Folklorelumpen anziehen, und es

wundere sie, daß die Mutter sich mit so etwas schmücke, über dieses Alter sei sie doch langsam hinaus. Bevor die beiden miteinander über ihren Geschmack und den ihrer Mutter streiten konnten, sagte ich ihnen, ihre Mutter hätte nichts mit dieser Jacke zu tun, und wem sie denn sonst noch gehören könnte.

Vielleicht Frau Jucker im unteren Stock, sagte Anna, worauf Barbara in ein prustendes Lachen ausbrach und ihre Schwester fragte, ob sie verrückt sei. Da es aber auch schon vorgekommen war, daß ein Kleidungsstück versehentlich in die Nachbarwäsche geraten war, ging ich sogleich nach unten, um Frau Jucker zu fragen, ob das ihre Jacke sei. Sie blickte höchst verwundert, lachte sogar ein bißchen, und erst jetzt sah ich, daß ihr diese Jacke viel zu klein gewesen wäre.

Blieb als letzte Möglichkeit, daß sie der Haushalthilfe gehörte, die sie vielleicht mit unserer Wäsche mitgewaschen hatte. Obwohl uns das nicht sehr wahrscheinlich vorkam, warteten wir den nächsten Freitag ab, doch die Haushalthilfe, eine Studentin, amüsierte sich bloß bei der Vorstellung und sagte, sie erinnere sich sehr gut, daß sie die Jacke aus der Maschine gezogen und aufgehängt habe, sie habe sie in Gedanken Barbara zugeschrieben.

Wir überlegten uns, ob vielleicht ein Besuch sie hier liegen gelassen habe, aber weder kam uns jemand in den Sinn, noch meldete sich jemand, der sie vergessen hatte, und so ließen wir sie vorderhand einfach hängen, in Erwartung einer doch noch auftauchenden Besitzerin oder der nächsten Kleidersammlung eines Hilfswerkes.

Etwa zwei Wochen später geschah etwas Merkwürdiges. Lachend sagte unsere Haushalthilfe, als sie sich verabschiedete, jetzt hätte die Jacke doch noch Gesellschaft bekommen. Von wem denn, fragten wir. Na, sagte sie, wir wüßten bestimmt, was sie meine. Den Rock, den dunklen Rock aus demselben Stoff mit demselben lila Mäandermuster und den Goldborten am Saum, den sie heute nach der ersten Wäsche aus der Maschine gezogen habe. Die erste Wäsche hatte meine Frau eingefüllt, früh am Morgen, damit die Studentin diese gleich nach ihrem Eintreffen herausnehmen und aufhängen konnte. Wir gingen zusammen in den Trockenraum, und es war auf den ersten Blick klar, daß der Rock, der da zwischen zweien meiner Hemden hing, zur Jacke gehörte, von der niemand etwas wußte. Meine Frau war äußerst irritiert. Sie sei zwar, sagte sie, am Morgen noch nicht völlig wach, aber wach genug, um sagen zu können, daß dieser Rock auf gar keinen Fall bei den Kleidungsstücken gewesen sei, die sie eingefüllt habe.

Am Abend stellten wir die Töchter zur Rede, baten sie, falls sie irgendeinen Scherz mit uns treiben wollten, damit aufzuhören, aber beide verwahrten sich aufs heftigste gegen diese Vermutung. Schweigend und ratlos standen wir im Keller vor dem aufgehängten Rock, da sagte Barbara, das sei ihr unheimlich, und sie betrete die Waschküche nie mehr, wenigstens nicht mehr allein.

Die Kopfbedeckung mit dem Mäandermuster, die eine Woche danach frisch gewaschen an der Leine hing, überraschte uns nun nicht mehr so sehr, aber erklärlicher machte sie das alles nicht. Im Gegenteil, nun wurde auch die Studentin von der Absonderlichkeit der Vorgänge beunruhigt und bat um Begleitung beim Gang in die Waschküche, was wiederum der Idee der Entlastung zuwiderlief, um derentwillen wir sie angestellt hatten. Da am nächsten Freitag morgen niemand von uns da war, blieb die Donnerstagswäsche nun an meiner Frau und mir hängen, und wir versuchten, soviel wie möglich davon zu trocknen und hochzubringen, damit die Studentin wenigstens genügend zu plätten hatte.

Das rätselhafte Kleid hatten wir hinter der Tür im Wäschezimmer aufgehängt, Rock und Jacke über einem Bügel, die Mütze am Haken darüber. Es schien uns, daß ein feiner Duft davon ausging, der nichts mit Waschmittel zu tun hatte, sondern an Kräuter erinnerte, Koriander, wilde Kamille oder dergleichen. Manchmal, wenn ich allein zu Hause war und etwa von meinem Arbeitszimmer zur Küche ging, um mir einen Tee zu machen, schlich ich mich im Vorbeigehen hinter die Tür des Wäschezimmers, vergrub meine Nase einen Augenblick in der Jacke und schloß die Augen dazu. Nachher fühlte ich mich auf eine seltsame Weise gestärkt.

Als meine Frau am Donnerstag morgen aus der Waschküche zurückkam, war sie bleich. »Ich habe soeben«, sagte sie mit ungewöhnlich leiser Stimme, »einen Umhang aus der Waschmaschine gezogen, mantelartig, schwarz, mit dem lila Muster.«

Alle gingen wir hinunter, meine Frau, Anna, Barbara und ich, und beim Anblick des aufgehängten Mantels faßten wir uns an den Händen. »Was soll das?« fragte Anna schrill, »das ist doch nicht möglich!« Barbara riß sich los und rannte weinend die Treppe hinauf. Ihre

Schwester folgte ihr sogleich, während meine Frau und ich noch einen Moment vor dem fremden Kleidungsstück stehenblieben.

»Eins ist klar«, sagte ich, »diese Kleider gehören alle zusammen.«

»Und eins ist auch klar«, sagte meine Frau, »allein gehe ich nicht mehr in die Waschküche.«

Seufzend dachte ich daran, was das für mich bedeutete. Zwar bin ich freischaffend und somit öfters zu Hause, aber ich hatte keine Lust, den ganzen Wäschebetrieb zu übernehmen. Zugleich war ich der einzige Mann in diesem Haushalt und fühlte mich in dieser Rolle auch herausgefordert; wenn rings um mich vier Frauen verschiedenen Alters einer irrationalen Angst vor einem Kellerraum erlagen, dann mußte wenigstens ich die Fahne der Vernunft hochhalten, obschon, ich muß es gestehen, auch mir auf einmal nicht mehr ganz wohl war, wenn ich die Waschküche betrat. Ich spürte jedesmal eine gewisse Erleichterung, wenn beim Leeren der Wäschetrommel kein Stoff mit lila Mäandern zum Vorschein kam.

Der Mantelumhang hing nun ebenfalls hinter der Wäschezimmertür, über Jacke und Rock, und verströmte einen Hauch von Minzenduft. Als eines Tages im Briefkasten ein Plastiksack für eine Altkleidersammelaktion lag, war es beschlossene Sache, daß die Mäanderkleider als erste in den Sack wandern sollten. Mit dieser Aufgabe wurde ich betraut, denn das Unbehagen der Frauen war inzwischen so groß, daß sie die Kleidungsstücke nicht einmal mehr anfassen wollten.

Am Abend dieses Tages nahm ich den Plastiksack,

153

entfaltete ihn und ging damit in das Wäschezimmer. Ich schaute den aufgehängten Anzug einen Augenblick lang an, und als ich als erstes die Mütze vom Haken nehmen wollte, hielt mich eine unerklärliche Regung zurück. Es war mir, als vergreife ich mich an etwas Kostbarem, Unantastbarem. Na gut, dachte ich, in einer Woche ist es noch früh genug, ging zu meinem Kleiderschrank und legte eine alte Hose in den Sack, damit schon etwas drin war. Gleichzeitig wunderte ich mich über meine Scheu, die Kleider wegzuschaffen. Ich wußte nicht, woher sie kam.

Am nächsten Morgen sollte ich es erfahren. Als ich mit einem Korb schmutziger Wäsche die Treppe hinunter stieg und die Waschküche betrat, kauerte zwischen dem Tisch und der offenen Waschmaschine eine Frau.

»Oh«, sagte ich, »guten Morgen. Suchen Sie etwas?«

Die Frau sah mich verängstigt an. Sie war jung, sah fremdländisch aus, am ehesten asiatisch, und war bekleidet mit etwas, das vielleicht ein Unterrock war, vielleicht ein großes Tuch. Es war offensichtlich, daß sie nicht verstand, was ich sagte. Ich versuchte es auf englisch, aber auch darauf reagierte sie nicht. Da saß sie, zusammengekauert, und schaute mich an. Mein Angebot, mit mir nach oben zu kommen, ignorierte sie, also ging ich allein und klopfte meine Frau aus dem Badezimmer.

»Was gibt's?« rief sie unter der Dusche hervor.

»Die Besitzerin des Kleides ist in der Waschküche!« rief ich.

Im Nu stand meine Frau im Bademantel unter der

Tür. »Was sagst du da?« fragte sie. Ich berichtete ihr kurz von meiner Begegnung. Wir berieten, was zu tun sei, und beschlossen dann, gemeinsam hinunter zu gehen und der fremden Frau die Kleider aus dem Wäschezimmer zu bringen. Als wir die Waschküche betraten, kauerte sie noch in der genau gleichen Stellung am genau gleichen Ort.

»This is Erica, my wife«, sagte ich, »and my name is Jürg, eh, George«, fügte ich hinzu. Ich hatte beschlossen, beim Englischen zu bleiben, das immerhin eine Weltsprache war. Die Augen der Fremden musterten kurz meine Frau; sie selbst blieb reglos. Nun hielt meine Frau die schwarzen Kleider mit dem lila Mäandermuster vor sie hin und fragte sie: »Are these your clothes?«

Jetzt lächelte die Frau und nickte. Sie schien erleichtert, wie jemand, der etwas lang Gesuchtes findet.

»You want to dress yourself?« fragte meine Frau weiter.

Die Fremde nahm die Kleider in ihre Hände, dann schaute sie mich an.

»Geh nur«, sagte meine Frau, »ich komm dann nach.«

Ich verließ die Waschküche und stieg in unsere Wohnung. Dort holte ich einen Stuhl im Wohnraum und stellte ihn in die Küche, wo schon zum Frühstück für vier gedeckt war. Ich nahm ein fünftes Gedeck aus dem Schrank.

»Was machst du?« fragte Anna leicht verwundert, als sie die Küche betrat.

»Es kommt noch jemand«, sagte ich, und als Anna

noch verwunderter blickte, fügte ich hinzu, »die Kleider werden abgeholt.«

Das verstand sie nun überhaupt nicht mehr, und ich, genau genommen, noch weniger, aber ich bereitete sie und ihre Schwester darauf vor, daß ihre Mutter gleich mit einer Frau zum Frühstück kommen werde, die auf ähnliche Weise den Weg in unsere Waschküche gefunden haben mußte wie zuvor die heimatlosen Kleider, denn die Haustür, das hatte ich beim Hinaufgehen kontrolliert, die Haustür war abgeschlossen, und die Kellerfenster waren zu.

Die beiden Schwestern hielten einander ungläubig an den Händen, als meine Frau nun mit der Fremden in die Küche trat. Die Kleider, das sah man auf den ersten Blick, paßten ihr genau auf den Leib, auch die Mütze war für ihre Kopfgröße berechnet, und mit dem Umhang sah sie aus wie die Prinzessin eines fernen Königreiches.

Wir alle waren zwischen Bewunderung und Grauen hin und her gerissen, aber meine Frau, die das fünfte Gedeck bemerkt hatte, bat sie schließlich, Platz zu nehmen, und goß ihr einen Tee auf. Wir waren so erleichtert, als sie ihn annahm, daß auch wir zum Tee übergingen, obwohl unser obligatorischer Morgenkaffee schon in der Kanne bereit war. Als unsere Töchter ihre Corn Flakes zur Hälfte gegessen hatten und die Küche verließen, folgte ich ihnen in den Korridor und bat sie, in der Schule nichts von unserem Gast zu erzählen.

Sie versprachen es, und bevor meine Frau zur Arbeit mußte, besprachen wir uns kurz. Wir kamen überein, der Fremden das Wäschezimmer als Gästezimmer zurechtzumachen, etwas, das wir auch sonst tun, wenn Besuch kommt. Ich befreite das Sofa, das dort steht, von der darauf liegenden Wäsche, die ich in die verschiedenen Zimmer verteilte, und meine Frau bezog das Bett. Sie kam in die Küche zurück mit Wasch- und Frottiertüchern auf dem Arm, aber unser Gast hatte offensichtlich keine Lust, aufzustehen und sich Badezimmer und Toilette zeigen zu lassen. Wir hatten mittlerweile alle Sprachen ausprobiert, von buenos dias bis nitschewo, und da sie keine in irgendeiner Weise zu erkennen schien, gingen wir wieder zu unserer Muttersprache über, und meine Frau verabschiedete sich auf schweizerdeutsch von der Fremden. Sie arbeitet als Schulpsychologin und hatte an diesem Vormittag eine Sitzung, bei der es um Zuweisungen in Sonderklassen ging, ein Fernbleiben kam nicht in Frage. Ich hingegen bin freischaffender Literatur- und Kulturkritiker, und es war klar, daß ich die Fremde zu hüten hatte.

Es gehört zum Elend des Freischaffenden, daß er oft zu Hause ist, wenn unerwartete Besuche kommen. »Wie schön, daß du da bist!« rufen sie dann aus, und im Glauben, man freue sich über ihr Erscheinen, beginnen sie einem rücksichtslos die Zeit wegzufressen. Sie können sich nicht vorstellen, daß man zu Hause ebenso diszipliniert arbeiten muß wie in einem Büro. Aber mit Besuchen, die einen kennen, kann man wenigstens reden und ihnen klarzumachen versuchen, daß der Artikel bis um 17 Uhr abgeliefert sein muß. Hier war jedoch etwas ganz anderes. Da war ein Mensch aufgetaucht unter rätselhaften Umständen, vertraut mit nichts und niemandem, der mußte betreut werden.

Erst als meine Frau etwas verstört gegangen war, merkte ich, daß ich unter einem Schock stand; meine Knie waren schwach, meine Hände zitterten, und meine Stimme versagte. Ich blieb also so lang wie möglich sitzen und trank mit der Fremden Tee. Dann stand ich vorsichtig auf, bat sie, mir zu folgen, damit ich ihr die Wohnung und ihr Zimmer zeigen konnte. Das gelang mir tatsächlich, sie verstand ohne weiteres, welcher Raum ihr zugedacht war, und ich zog mich schließlich in mein Arbeitszimmer zurück, das, zusammen mit dem Arbeitszimmer meiner Frau und Annas Zimmer, im oberen Stock liegt.

Es wird niemanden wundern, wenn ich sage, daß ich mich überhaupt nicht konzentrieren konnte. Es galt, eine Gesamtwürdigung von Jacques Derrida zu Ende zu bringen, dem französischen Dekonstruktivisten, und ich war beim Versuch stehen geblieben, seine Differenztheorie in ein paar einleuchtenden Sätzen zusammenzufassen. Doch alles, was ich denken konnte, war: Wer war die Frau? Woher kam sie? Auf welchem Weg kamen ihre Kleider und sie selbst in unsere Waschküche? War es eine Einbildung, der wir in einer Art kollektiven Wahns erlagen?

Vorsichtig ging ich nach einer Weile wieder die Treppe hinunter, schlich mich vor die Tür des Gastzimmers und lauschte. Drinnen wurde eine Melodie gesummt, eine Melodie, die vor allem um einen Ton kreiste. Ich ging zurück in mein Arbeitszimmer, setzte mich vor mein Notebook und beschloß weiterzuarbeiten, als ob nichts wäre. Die räumliche Trennung zwischen meinem Büro und der Familienwohnung ist einer der großen Vorzüge des Hauses, das wir bewohnen, der Gang die Treppe hoch genügt mir gewöhnlich, um die Fragen und Probleme des Alltags zurückzulassen und mich in meine Arbeit zu vertiefen. Ich stelle dann den Telefonbeantworter ein und bin ganz dort, wohin mich meine jeweilige Aufgabe führt.

Diesmal aber war es anders. Obwohl über die Hälfte des Artikels geschrieben war und ich mich bei Derrida einigermaßen auskenne, wollten mir die zusammenfassenden Sätze einfach nicht gelingen. Zu schwerwiegend war die Störung im unteren Stockwerk. Schließlich stieg ich durchs Treppenhaus nochmals in den Keller hinunter und schaute mir die Waschmaschine an. Ich öffnete sie, griff in die Trommel hinein und drehte sie ein bißchen, wie ich es zu tun pflege, wenn ich beim Herausnehmen der Wäsche nach letzten Socken suche. Die Trommel saß zuverlässig in ihrer Halterung, zudem war sie eindeutig zu klein, um einen Menschen aufzunehmen, und sei er auch von zierlicher Gestalt. Ich rüttelte an der ganzen Maschine, sie thronte fest auf ihrem Sockel, ich schaute hinter die Maschine, dort, wo Kabel und Leitungen herauskommen, aber außer den Spinnweben und einem vertrockneten Lappen, den ich mit einem kleinen Ekel herausfischte, fiel mir nichts Außergewöhnliches auf. Ich schritt die ganze Waschküche ab, ebenso den anliegenden Heizungsraum, um mich zu vergewissern, daß hier nirgends der berühmte Gang vom andern Ende der Welt mündete.

Ratlos stieg ich die Treppe hinauf in unsere Familienwohnung, ging leise am Gästezimmer vorbei, in dem es jetzt ganz ruhig war, und setzte mir in der Küche einen

Tee auf. Ich ging mit der Tasse nach oben, wo inzwischen ein Anruf eingegangen war, den ich gleich abhörte. Der italienische Denker und Publizist Norberto Bobbio war gestorben, und eine Kulturredaktorin bat mich um einen Nachruf bis heute abend. Sofort rief ich zurück und sagte ab. Sie war sehr enttäuscht, ich hätte doch schon einmal für sie eine schöne Rezension Bobbios geschrieben, sie wisse auch gar nicht, wen sie sonst fragen könne und wo denn das Problem sei. Ich log, daß ich heute abend den Derrida-Artikel abliefern müsse, der erst zur Hälfte geschrieben sei, und empfahl ihr aufs Geratewohl einen jungen Romanisten, von dem ich kürzlich in einer Literaturzeitschrift einen brillanten Essay über Italo Calvino gelesen hatte. In Wahrheit hatte ich mit meinem Artikel noch bis übermorgen Zeit, und dieser Gedanke beruhigte mich etwas.

Ohne daß ich einen einzigen Satz weitergekommen wäre, ging ich gegen Mittag in die Wohnung hinunter und klopfte an die Tür des Gästezimmers. Sogleich öffnete die Fremde, und ich sagte ihr mit Gebärdenunterstützung, daß ich etwas zu Mittag koche und wenn sie mit mir essen wolle, sei sie herzlich eingeladen. Ich zeigte dabei zur Küche, und tatsächlich nickte sie und folgte mir.

Dann bat ich sie, sich zu setzen, was sie auch sogleich tat, und bereitete in kürzester Zeit meinen Standard-Quicky zu, Nudelreste in der Bratpfanne, zu denen ich zwei Eier aufschlug, mit den Nudeln verrührte und nachher zwei Tomaten hineinschnetzelte, eine schmackhafte Mahlzeit, die in wenigen Minuten angerichtet ist. Ich schenkte ihr und mir ein Glas Mineralwasser ein und wünschte ihr einen guten Appetit. Sie schaute mir genau zu, wie ich mit dem Besteck umging, und machte es dann ebenso, aber ich hatte das Gefühl, sie habe wenig Übung darin. Als das Telefon klingelte, stand ich auf und nahm es ab. Es war meine Frau, die fragte, wie es gehe. Es geht, sagte ich, wir säßen gerade beim Mittagessen. Sie sei also noch da? Ja, sagte ich, offensichtlich. Und ob ich etwas herausgefunden habe? Nein, sagte ich, gar nichts. Sie versprach, gleich nach ihren Nachmittagsberatungen nach Hause zu kommen, worüber ich froh war.

Als ich wieder in die Küche kam, hatte die Fremde nicht weitergegessen. Ich entschuldigte mich, setzte mich und aß weiter, worauf auch sie weiter aß, wenn auch sehr langsam. Als mein Teller leer war, war der ihre noch halb voll, aber sie legte ihr Besteck ebenfalls hin und hörte auf zu essen. Alle meine Gesten, mit denen ich sie zum Weiteressen einlud, blieben wirkungslos.

»Kaffee?« fragte ich, »coffee – kava?«, aber das Wort war ihr unbekannt. Als ich »Tee?« sagte und die Teedose zeigte, die am Morgen auf dem Tisch gestanden hatte, nickte sie.

Also machte ich heißes Wasser und schüttete in unserm Glaskrug einen chinesischen Räuchertee an. Meine Frage nach Zucker und Rahm beantwortete sie mit einer winzigen Abwehrbewegung ihrer beiden Hände, und so verzichtete auch ich darauf, und nun tranken wir den Tee in kleinen Schlucken.

Die Stille zwischen uns war mir schwer erträglich. Es mußte doch irgendeine Kommunikation möglich sein.

161

Ich zeigte auf mich und sagte auf englisch: »George.« Dann zeigte ich auf sie und fragte: »Und Sie? Ihr Name?« Sie hielt ihre linke Hand an die Brust, neigte ihren Kopf ein bißchen und sagte mit leiser, hoher Stimme: »Sha Mun.« Endlich! Sie hatte gesprochen! Wenigstens ein Name. Dann fuhr ich fort, zeigte nach draußen und sagte: »Zürich. Wir sind in Zürich. Und woher kommt Sha Mun?« Ihr Blick nahm nun etwas Schmerzliches an, als sie den Kopf schüttelte. »Schon gut«, sagte ich und stand auf, und sogleich stand sie auch auf, neigte ihren Oberkörper ein bißchen und verließ dann die Küche. »Sha Mun!« rief ich ihr nach, und sie blieb stehen. »Ich, George, bin oben«, sagte ich, indem ich zuerst auf mich zeigte und dann auf den oberen Stock, »einfach falls Sie etwas brauchen, ja?« Sie verneigte sich nochmals und ging dann in ihr Zimmer.

Ich suchte wieder mein Arbeitszimmer auf, legte mich einen Moment hin und mußte tief eingeschlafen sein, denn als es klopfte, stand meine jüngere Tochter im Zimmer und fragte, ob die Frau noch da sei. Ja, sagte ich, ich glaube schon, und erzählte ihr von unserm Mittagessen und daß sie mir ihren Namen gesagt habe. Darauf erklärte Barbara, sie würde heute auf keinen Fall in ihrem Zimmer übernachten, das neben dem Wäsche- und Gästezimmer liegt. Schon gut, sagte ich, sie könne ja bei ihrer Mutter schlafen, und ich würde nach oben ziehen. Nein, sagte Barbara fast hysterisch, ich müsse auch unten bleiben, ich könne ja in ihrem Zimmer übernachten. Ich bat sie, sich zu beruhigen, da ich nicht annähme, daß diese Frau für uns eine Bedrohung sei. Nun kamen, fast gleichzeitig, Anna und meine Frau nach Hause, und auch sie stiegen, bevor sie die Wohnung betraten, in den oberen Stock, und da waren wir nun versammelt, die ganze Familie, Barbara saß auf einem Lederpuffer, meine Frau setzte sich auf mein Bett, und Anna lehnte sich an einen Fenstersims.

Ich erzählte nochmals für alle, was in ihrer Abwesenheit passiert war und daß noch niemand sonst etwas erfahren hatte, auch Frau Jucker im unteren Stock nicht, und ihr Mann sei ohnehin auf einer Geschäftsreise. Ich vergaß nicht, meine Inspektion des Kellergeschosses und der Waschmaschine zu erwähnen und daß es für mich keine Erklärung gab, wie die Frau in das Haus hineingekommen sein könnte.

Wieso wir nicht einfach die Polizei anriefen, fragte Anna, und ich war geneigt dem zuzustimmen.

Meine Frau gab zu bedenken, daß sie gelegentlich für die Polizei Gutachten über jugendliche Straftäter schreibe und daß man sie dort als unseriös ansehen könnte, wenn sie mit solch einem Problem daherkomme.

»Wieso unseriös?« fragte Barbara, »diese Frau gibt es doch.«

»Es sieht zwar so aus«, sagte meine Frau, »aber vielleicht spukt es einfach bei uns, und die Gestalt ist morgen früh genau so verschwunden, wie sie aufgetaucht ist.«

»Iiiih!« rief Barbara, »ich bekomme Gänsehaut!«

Ich fragte meine Frau, ob sie schon von Erscheinungen gehört habe, die essen und trinken, und sie antwortete, daß sie sich bis jetzt kaum mit Erscheinungen befaßt habe, daß sie aber wisse, daß diese den Menschen meistens völlig real vorkämen und sie sich erst im nachhinein fragten, ob sie etwas Wirkliches oder etwas Unwirkliches erlebt hätten.

Barbara gab nun sehr entschieden bekannt, daß sie niemals in ihrem Zimmer bleibe, und wir einigten uns darauf, daß sie im Elternschlafzimmer übernachte und ich in ihrem Zimmer, damit ich in der Wohnung wäre, wenn etwas Ungemütliches passieren würde.

Anna war froh über ihren Raum im oberen Stock.

»Aber was sollen wir denn nun tun?« fragte meine Frau, »hat niemand eine Idee?«

»Wir müßten herausfinden, welche Sprache sie spricht, dann könnte sie uns auch sagen, woher sie kommt«, sagte Anna.

Das wäre, so fanden wir alle, ein wichtiger Schritt, ich holte meinen Atlas aus dem Regal, und wir schlugen Asien auf und begannen Gegenden herauszuschreiben, von Kasachstan über Kirgisien bis zu Tibet, Gobi und der Mandschurei. Ich erinnerte mich auch an das kleine Volk der Tschuktschen in Sibirien, da ich einmal ein Buch von Juri Rychtëu besprochen hatte.

Anna legte eine Liste der möglichen Regionen an, denen die Frau ihrem Aussehen nach entstammen könnte, ich holte ein Taschenbuch über Sprachen aus meiner Bibliothek, dem ich entnahm, daß in Asien 153 Sprachen existierten, und begann Barbara eine Liste von Idiomen zu diktieren, die in Frage kämen, aserbeidschanisch, uigurisch, usbekisch, dagestanisch, tscherkessisch, grusinisch, samojedisch, burjatisch, kalmückisch, und ich wunderte mich, von wie vielen Sprachen ich noch nie etwas gehört hatte, etwa vom Rutulischen, vom Kubatschinischen, vom Dachurischen oder vom offenbar schrift-

164

losen Bur-uschaski, das in der Bergwildnis von Nunza und Nagar an der Nordwestgrenze von Kaschmir gesprochen wird.

Als nun kurz nacheinander die Handies der Töchter klingelten, baten wir sie, nichts von unserem Gast zu erzählen, Anna zog sich in ihr Zimmer zurück, und Barbara fragte, ob sie im Arbeitszimmer ihrer Mutter telefonieren dürfe, was diese ihr auch erlaubte.

Als wir allein waren, fragte ich meine Frau, ob sie es wirklich für möglich halte, daß es sich um eine Erscheinung handle, und woher denn eine solche überhaupt kommen könnte. Erika antwortete, sie wisse nur, daß zum Beispiel Klopfgeistphänomene häufig in der Umgebung pubertierender Mädchen auftauchten und daß sie sogar einmal mit einem solchen Fall zu tun gehabt habe. Erst als es gelungen sei, die Spannungen des Mädchens abzubauen, sei das nächtliche Pochen an Türen wieder verschwunden.

Ob das hieße, daß wir Barbara diesen Besuch zu verdanken hätten, fragte ich.

Meine Frau zuckte die Achseln. Das wisse sie nicht, es sei ihr einfach in den Sinn gekommen.

Aber zwischen einem Klopfen an einer Türe und einer leibhaftigen Asiatin, die sogar ihre Kleider vorausschicke, sei doch ein Unterschied, sagte ich.

Natürlich, sagte meine Frau, sie könne sich das in gar keiner Weise erklären und sie finde es zum Verrücktwerden, daß wir auf einmal mit etwas konfrontiert seien, das es gar nicht gebe, und zwar wir alle vier.

Wer immer von uns später an der geschlossenen Tür unseres Gästezimmers vorbeiging, hielt einen Moment lauschend inne, aber von drinnen war nie etwas zu hören. Das weckte in mir die Hoffnung, die Fremde könne wieder verschwunden sein. Meine Frau holte zum Nachtessen Kabeljaufilets aus dem Tiefkühlfach, und beide Töchter standen ihr ungewöhnlich hilfsbereit zur Seite, schnetzelten Gemüse klein für den Wok, deckten den Tisch für fünf, auch ich hielt mich schon in der Familienwohnung auf, fragte die Mädchen nach ihrem Tag in der Schule, aber es wollte sich kein rechtes Gespräch entwickeln, es war klar, daß es heute nur ein Thema gab, und das war das Wesen in unserem Wäschezimmer, auf das wir alle mit großer Spannung warteten.

Als das Essen bereit war, anerbot sich meine Frau, unsern Gast zu holen. Sie ging zur Tür, klopfte und rief: »Sha Mun! Wir können essen!« Sogleich öffnete sich die Tür, die Fremde, die immer noch ihr schwarzes Kleid mit den lila Mäandern trug, wenn auch ohne den Umhang und die Mütze, verneigte sich leicht, und Erika bat sie mit einer einladenden Geste in die Wohnküche. Sie zögerte nicht, setzte sich mit einer Verbeugung neben Anna, die sich ebenfalls verbeugte, und als meine Frau das Essen auf die Teller geschöpft hatte, wünschten wir uns gegenseitig »e Guete« und begannen zu essen. Sha Mun aß mit leichter Verzögerung mit, sie beobachtete genau, wie wir die Fischstücke mit zwei Gabeln zerkleinerten, und tat es uns gleich.

Selten war es an unserm Tisch so ruhig gewesen wie jetzt. Meine Frau und ich, die wir sonst oft wegen des Geplauders der Mädchen kaum zu Wort kamen, wußten nicht, was wir uns sagen sollten, und die Mädchen schaufelten das Essen stumm in sich hinein, indem sie manchmal mit einem schnellen Blick die Fremde musterten, die auch keinen Ton von sich gab.

Einmal spießte ich ein Fischstück auf meine Gabel, zeigte es Sha Mun und sagte: »Fisch.« Gerne hätte ich gehört, wie das Wort für Fisch in ihrer Sprache lautete, aber Sha Mun nickte nur und aß wortlos weiter.

Nach dem Essen machte meine Frau einen Kräutertee, und wir setzten uns alle ins Wohnzimmer, wo ich einen Atlas bereitgelegt hatte. Ich schlug ihn bei der Weltübersicht auf und zeigte mit einem Bleistift auf das winzige Fleckchen, das die Schweiz bezeichnete. »Zürich«, sagte ich zu Sha Mun, »hier sind wir. Zürich in der Schweiz. Und woher kommst du?« Ich überreichte ihr den Bleistift, den sie mir aber in höchster Verlegenheit sogleich wieder zurückgab.

»Laß mich mal«, sagte Anna, nahm den Bleistift und zeigte auf die Mongolei.

»Kommst du aus der Mongolei?« fragte sie. Als Sha Mun nicht reagierte, richtete sie die Bleistiftspitze auf Tibet. »Tibet?« Keine Reaktion. »Himalaja? Sibirien?« Aber offensichtlich sagten die Atlasbilder unserm Gast überhaupt nichts.

Nun nahm ich die Liste hervor, die wir am Nachmittag zusammengestellt hatten, und begann so behutsam wie möglich mit dem Abfragen der verschiedenen Sprachen, doch es ging nicht lang, da traten Sha Mun Tränen in die Augen.

»Schon gut«, sagte ich, »wir wollen dir ja nur helfen.«

»Jürg«, sagte meine Frau zu mir, »wäre es nicht besser, du würdest dich für einen Moment zurückziehen? Vielleicht ist es ihr wohler unter Frauen.«

»Na dann viel Glück«, sagte ich und ging in die Küche hinüber. Ich war etwas pikiert, aber über das Genderthema war mit meiner Frau nicht zu spaßen, das wußte ich, und so fügte ich mich und füllte den Geschirrspüler ein. Im übrigen konnte es ja sein, daß sie recht hatte.

Als Barbara nach einer Weile zu mir kam und ich sie fragte, wie es gehe und ob sie etwas herausgefunden hätten, schüttelte sie nur den Kopf und sagte, es sei alles gleich geblieben, die Frau sage kein Wort. »Ich habe Angst«, fügte sie hinzu, »vielleicht ist sie ein Alien.« Sie war gerade in einer Science Fiction – Phase. Nach und nach kamen auch Anna und meine Frau in die Küche. Sie habe Sha Mun, sagte Erika, ins Bett geschickt, da sie offensichtlich sehr müde sei, habe ihr ein Nachthemd von sich gegeben und nochmals das Badezimmer gezeigt, aber sie wisse nicht, ob sie es auch abschließen werde, und bitte uns um Vorsicht, wenn wir es benützten.

»Und was tun wir jetzt?« fragte Anna, nicht ohne Heftigkeit.

Ich fragte, ob jemand schon etwas von unserm Gast erzählt habe, was alle verneinten.

»Eure Freunde wissen nichts?« fragte ich die Töchter, indem ich an ihre endlosen Telefongespräche dachte.

Ich wurde mit Empörung überschüttet. Ob ich sie für kleine Kinder halte oder was. Nein, sagte ich, ich wisse bloß, wie schwierig es sei, so etwas für sich zu behalten, es ginge mir ja selbst so, daß ich es gerne jemandem erzählen würde, allein um seine Meinung zu hören, und sie sollten an Frau Jucker im unteren Stock denken, und übermorgen käme unsere Haushalthilfe, und am Sonntag Erikas Eltern. Wenn wir wirklich wollten, daß niemand etwas von dieser Frau erfahre, erfordere das eine ganz genaue Strategie. Das sei mindestens so heikel, als müsse man einen Flüchtling verstecken.

»Und wieso soll eigentlich niemand davon erfahren?« fragte Barbara.

»Weil es ein Wahnsinn ist und man uns für verrückt halten würde!« rief meine Frau.

Das täte ihr vielleicht gut, sagte Anna, sonst erkläre doch sie die andern für verrückt.

Meine Frau verbat sich diese Unterstellung. Sie habe ihr schon oft genug gesagt, daß sie Psychologin sei und nicht Psychiaterin.

Aber trotzdem schicke sie Kinder in Sonderklassen, weil etwas mit ihnen nicht stimme, oder etwa nicht? fuhr Anna fort.

Ich sagte, sich jetzt über so etwas zu streiten, bringe uns überhaupt nicht weiter, sondern wir müßten uns darüber einig werden, wie wir uns ab morgen verhalten sollten.

Und wenn sie über Nacht wieder verschwinden würde? fragte Barbara.

So sehr uns allen vor dem Gedanken graute, daß ein Mensch, der mit uns gegessen und getrunken hatte, sich in nichts auflösen könnte, so sehr erleichterte er uns auch. Wenn dieses Wesen auf unerklärlichem Weg gekommen war, wieso sollte es nicht auf unerklärlichem Weg wieder gehen?

Leider erwies sich diese Hoffnung als trügerisch.

Als wir am nächsten Morgen, nachdem Barbara und

ich die Nacht an unüblichem Ort verbracht hatten, am Frühstückstisch saßen und sich Sha Mun im Badezimmer wusch, beschlossen wir, an diesem Tag noch Stillschweigen über das Vorgefallene zu bewahren. Ferner gab ich bekannt, daß ich einen Waschmaschinenmonteur kommen lassen wolle, um unsere Maschine zu überprüfen, was auf die Zustimmung meiner Frau und der Töchter stieß.

Sha Mun betrat die Küche, als die Töchter am Aufbrechen waren. Sie wirkte etwas entspannter und lächelte beiden zu, als sie sich mit »Tschau, Sha Mun!« von ihr verabschiedeten. Wir boten ihr Tee an und wiesen auf alles hin, was auf dem Tisch stand, Brot, Butter, Konfitüre, Honig, Käse, Joghurt, Milch, Müsli, Corn Flakes. Ich stand auf und toastete zwei Brote. Dann hielt ich ihr eines davon hin. Sie nahm es nickend, und ich nahm das andere.

Nun mußte sich Erika auf den Weg machen. Sie komme über Mittag nach Hause, sagte sie, und es schien mir, als schleiche sich etwas Fremdes in ihren Blick, als sie mich und die junge Frau musterte, wie wir am Küchentisch saßen.

Ich sei froh, sagte ich nur, und als sie gegangen war, überlegte ich mir, ob es für unsere Besucherin irgendeine Beschäftigung gab. Sie konnte doch nicht einfach den ganzen Tag tatenlos in ihrem Zimmer verbringen. Schließlich ging ich zum Schrank im Wohnzimmer und holte die großen Zeichnungspapiere heraus, die dort unbenutzt lagen, seit die Töchter keine Kinder mehr waren. Es waren auch genügend Farbstifte dabei, und ich machte alles auf dem Stubentisch bereit. Dann rief ich Sha Mun und sagte ihr, sie könne sich ohne weiteres auch hier aufhalten, und wenn sie etwas zeichnen wolle, finde sie da alles Nötige. Da sie außerordentlich verwundert dreinblickte, nahm ich einen blauen Farbstift, skizzierte damit ein paar Schneeberge, zeichnete mit schwarz einige Vögel, die ich aus jeweils zwei Bögen und einem schwarzen Punkt zusammensetzte, und zog mit einem dunkelblauen Stift drei, vier schnelle Striche, die als Himmel gelten konnten. »Vielleicht magst du irgend so etwas zeichnen?« Ich wollte das Blatt wegziehen, doch da legte Sha Mun ihre Hand darauf und schaute mich bittend an.

Na na, sagte ich, so gut sei das nun auch wieder nicht, aber sie könne es gern behalten. Und jetzt, sagte ich, gehe ich nach oben. Wenn sie etwas brauche, solle sie kommen.

Als ich aufstand und an ihr vorbeiging, streifte mich der Duft ihres Kleides, der nun auch ihr eigener war.

In meinem Arbeitszimmer setzte ich mich vor mein Notebook und versuchte mich wieder in die Welt von Jacques Derrida zu vertiefen, aber ich merkte bald, daß meine Gedanken mir nicht folgten, sondern mir wie junge Hunde davonliefen und den fremden Gast im unteren Stock beschnupperten und anbellten. Ich schlug die Zeitung auf, deren Kulturredaktorin mich gestern angerufen hatte, und sah, daß sie meinem Tipp gefolgt war. Der Artikel über Bobbio war von dem Romanisten geschrieben worden, den ich empfohlen hatte. Er war kenntnisreich und enthielt Wesentliches, was es zu diesem streitbaren Staatsphilosophen zu sagen gab, trotzdem erschien er mir irgendwie unkühn und flügellahm, was hieß schon »Demokratischer Realist mit Utopien«? Vielleicht war es aber bloß die Eifersucht, daß mein Name nicht dabei stand, und die leise Angst, die Kulturredaktorin könnte auch in Zukunft statt meiner den jungen Kollegen fragen.

Immerhin fühlte ich mich angespornt, zu meiner eigenen Arbeit zurückzukehren, und ich nahm mir vor, wie ein Handwerker weiterzuarbeiten, der ja auch nicht auf seine persönlichen Probleme und Stimmungen Rücksicht nehmen kann. Ich versuchte zwei verschiedene Zusammenfassungen, druckte sie aus und las sie durch. Mit keiner war ich zufrieden.

Am Mittag kam Erika nach Hause und schob Fertig-Lasagne in den Backofen, die sie auf dem Heimweg gekauft hatte. Dann kam sie zu mir hoch, fragte, wie es gegangen sei, und ich erzählte ihr von meinem Beschäftigungsvorschlag für unsern Gast. Wir gingen beide die Treppe hinunter in die Wohnung. Sha Mun war nicht mehr im Wohnzimmer, man hörte ihr leises Summen aus dem Wäschezimmer. Auf dem Stubentisch lag meine Zeichnung von heute morgen, allerdings mit einer Änderung. Über den Bergen stand eine große, schwarze Sonne. Das Schwarz war so intensiv, daß der Farbstift, der noch daneben lag, vollkommen abgestumpft war.

Das Mittagessen verlief nicht anders als die bisherigen Mahlzeiten. Sha Mun aß höflich, aber unbeteiligt mit, und es war ihr kein Laut zu entlocken. Als wir uns nachher mit einem Tee ins Wohnzimmer setzten, zeigte ich auf ihre Zeichnung und sagte: »Schön!« Sie nickte fast unmerklich. Dann zeigte ich auf die schwarze Kugel

172

und fragte: »Sonne?« Sie schaute uns an und antwortete dann mit einem Satz, der klang wie »Tsa merjäd ko-o jalsap.« Ich schrieb ihn sofort auf, was mir um so wichtiger schien, als sie danach gar nichts mehr sagte.

Auf wann sich der Waschmaschinenmonteur angesagt habe, fragte meine Frau, und ich sagte, auf den Nachmittag. Da sei sie leider nicht da. »Weiß ich«, sagte ich, »ich bin ja da.« »Tut mir leid«, sagte sie. »Schon recht«, sagte ich. Sie überlege sich übrigens, fügte sie hinzu, ob sie einen Kollegen anrufen solle, den sie noch aus der Studienzeit kenne und der ab und zu etwas über parapsychologische Phänomene publiziere. Ich bat sie, doch noch etwas zu warten, denn wenn sie ihn anrufe, müsse sie ja auch sagen, weshalb. Das wisse sie, sagte sie seufzend, aber es belaste sie eben mehr, als sie angenommen habe, und sie frage sich, ob wir nicht etwas unternehmen sollten, bevor wir von der Unwirklichkeit erschlagen würden.

Ich sagte ihr, daß ich momentan nicht das Gefühl habe, von unserm Gast gehe irgendeine Gefahr aus. »Nicht von ihr als Person«, meinte meine Frau, »sondern von der Tatsache, daß sie da ist, und von der Art, wie sie aufgetaucht ist. Sie greift unsere Vernunft an, verstehst du?« Da mußte ich ihr allerdings recht geben, dennoch war sie bereit, den Anruf erst morgen zu machen und heute noch die weitere Entwicklung der Dinge abzuwarten. Wenn es mir recht sei, bot sie an, werde sie die Haushalthilfe für morgen abbestellen, ohne genaue Erklärung. Es war mir sehr recht.

Als sie zur Arbeit gegangen war, spitzte ich den schwarzen Farbstift neu und fragte Sha Mun, ob sie wei-

terzeichnen wolle. Ich legte ihr auch demonstrativ neue
Blätter hin, und sie nickte. Dann sagte ich ihr wieder,
daß ich oben sei, und ließ sie im Wohnzimmer allein.

Ich setzte mich an meinen Schreibtisch und schaute
mir den Satz an, den ich heute von ihr gehört hatte:
Tsa merjäd ko-o jalsap. Ich erinnerte mich daran, daß
der amerikanische Linguist und Sprachphilosoph Noam
Chomsky in seinen Seminarien jeweils Texte unbekannter
Sprachen vorgelegt hatte, welche seine Studenten
dann übersetzen mußten. Ich hatte, im Gegensatz zu
den Studenten, immerhin ein paar Anhaltspunkte, kannte
ich doch die Person, die den Satz gesagt hatte, und die
Umstände, unter denen er fiel. Vielleicht hieß eines
dieser Wörter Sonne, ein anderes schwarz. Aber ein bißchen
wenig war es schon für eine Übersetzungsübung.
Es könnte ebenso heißen: Ich habe ein Bild gemalt.

Ich gab die vier Wörter einzeln als Suchbegriffe im
Internet ein, aber für keines gab es einen Eintrag. Während
ich darüber nachdachte, wem ich diesen Satz zur
Dechiffrierung vorlegen konnte, klingelte der Waschmaschinenmonteur.
Ich ging mit ihm in den Keller hinunter
und mußte mir, woran ich vorher gar nicht gedacht
hatte, einen Schaden einfallen lassen, behauptete
dann, die Maschine hätte ein paarmal Ausfälle gehabt,
nach denen man sie neu hätte in Gang setzen müssen.
Das sei seltsam, murmelte er und überprüfte die Verkabelungen
sowie das Steuerungsteil. Es sei höchstens
möglich, daß mit dem Chip etwas nicht in Ordnung sei,
doch leider sei dieses Modell schon zu alt, um ihn auszuwechseln.
Wir könnten die Maschine einfach auf Zusehen
weiterbrauchen, bis sie zusammenbreche, aber

eigentlich würde er uns die Anschaffung einer neuen empfehlen, und da sie dieser Tage noch eine Aktion am Laufen hätten, wäre er sogar in der Lage, uns den Nachfolgetyp unserer Maschine bereits morgen zu bringen und einzurichten, unter Mitnahme der alten selbstverständlich.

Ohne wie sonst in solchen Fällen die Rückkehr meiner Frau abzuwarten, sagte ich zu und unterschrieb sogleich den Bestellschein. Der Monteur verabschiedete sich und sagte sein Kommen für den morgigen Nachmittag an.

Beim Hinaufgehen läutete ich bei Frau Jucker, um ihr mitzuteilen, daß morgen nachmittag die Waschmaschine ausgewechselt werde. Sie wunderte sich darüber, sie hätte doch einwandfrei funktioniert. Die Firma, sagte ich, habe darauf hingewiesen, daß unser Modell nicht mehr reparierbar sei, wenn ihm etwas fehlen würde, und habe ein sehr günstiges Angebot gemacht, auf das wir eingegangen seien. Hoffentlich könne sie die neue dann bedienen, sagte sie seufzend, das neue Zeug sei ja immer komplizierter als das alte. Gemeinsam würden wir das schon schaffen, sagte ich aufmunternd zu ihr, und sie solle ruhig noch waschen bis morgen mittag, wir bräuchten die Maschine nicht mehr.

Als ich die Familienwohnung betrat, um mir einen Tee zu machen, saß Sha Mun am Tisch im Wohnzimmer und schaute erschreckt auf. Vor ihr lag ein großes weißes Blatt mit einer großen schwarzen Sonne. Wieder war der schwarze Farbstift ganz abgebraucht. Ich sagte anerkennend zu ihr: »Tsa merjäd ko-o jalsap.« Sie schüttelte den Kopf und lächelte, und ich zeigte ihr, wie man mit dem Bleistiftspitzer umgeht, und ermunterte sie zu seinem Gebrauch.

Dann stieg ich wieder in mein Arbeitszimmer und machte mich geradezu wütend hinter meinen Artikel. Auf einmal fand ich eine Formulierung um die andere. Derridas Philosophie, die dem Singulären und Regelsprengenden eine so zentrale Bedeutung einräumt, kam mir fast selbstverständlich vor, und ich pries die Zerstörung der Idee der Vernunft als Befreiung, ja als zweite Aufklärung. Die Wahrheit, schrieb ich, müsse gerade dann anerkannt werden, wenn sie unlogisch sei, wenn sie ihre begrifflichen Gefäße sprenge, und die dabei entstehenden Risse erforsche die Dekonstruktion. Das sei die eigentliche Botschaft Derridas.

Bis am Abend hatte ich meinen Artikel zu Ende geschrieben. Der kritische Ansatz, den ich ihm ursprünglich zugrunde legen wollte, war zu meinem Erstaunen einer fast enthusiastischen Würdigung gewichen. Ich druckte ihn aus, um ihn morgen vormittag nochmals durchzulesen, bevor ich ihn an die Redaktion mailen würde.

Als ich in die Wohnung herunterkam, hatten die Mädchen ein Pilzrisotto gekocht, und Barbara klopfte gerade an die Tür des Gästezimmers und rief »Sha Mun! Essen!« in einem Ton, als bitte sie ihre Patin oder eine Verwandte zu Tisch.

Heute waren die Töchter wieder gesprächiger, und die Gegenwart einer fremden Person schien sie weniger zu beeinträchtigen als gestern. Inzwischen war auch klar, daß von Sha Mun nur minimale Reaktionen zu erwarten waren und es sinnlos war, sie zu irgendeiner Äußerung einladen zu wollen. Ich erzählte von der neuen Waschmaschine, die morgen installiert würde, was auf allgemeine Zustimmung stieß. Die Töchter fanden auch in Ordnung, daß meine Frau die Haushalthilfe abbestellt hatte.

Morgen, sagte Anna, würde ihr Freund sie hier abholen, um mit ihr ins Kino zu gehen, und sie hoffe, daß er dann nicht gerade auf unsern Gast stoße, es wäre wohl am besten, er käme direkt zu ihr hoch. Wie praktisch, dann könne sie ja mit ihm in Ruhe schmusen, sagte ihre Schwester, worauf Anna sie als eifersüchtige Ziege bezeichnete.

Meine Frau unterbrach sie und sagte, sie würde gern mit uns allen darüber sprechen, wie es weitergehen solle, und sie bitte uns, später am Abend nochmals zusammenzukommen.

Als ich das Wohnzimmer betrat, leuchtete mir vom Tisch eine riesige, pechschwarze Sonne entgegen, die über einem gelben Wüstenstreifen an einem roten Himmel hing. »Habt ihr das gesehen?« fragte ich meine Töchter, als sie hereinkamen, »das hat Sha Mun gemalt.« »Wow!« riefen sie beide, und Barbara holte sofort meine Frau, die eher erschreckt als begeistert war, als sie das Bild sah. »Eine schwarze Sonne«, sagte sie nachdenklich, während die Mädchen die leise lächelnde Sha Mun mit Worten wie »sackstark« und »geil« und mit nach oben gerichteten Daumen für ihr Kunstwerk lobten.

Dann saßen wir eine Weile da, ohne etwas zu sagen, und tranken einen Kräutertee, worauf Sha Mun aufstand, sich verneigte und ihr Zimmer aufsuchte.

Beim folgenden Gespräch, in dem eine fast feierliche Familienratstimmung aufkam – noch nie hatten wir ein so ernstes Problem zusammen zu besprechen gehabt – sagte meine Frau, sie fände, es könne nicht so weitergehen und wir müßten uns einen Rat holen; sie würde gerne den Parapsychologen anrufen, den sie kenne, und ihm ganz genau erzählen, was passiert sei. Immerhin sei es möglich, daß er schon von etwas Ähnlichem gehört habe und daß er das, was hier ablaufe, irgendeinem Muster zuordnen könne.

Das würde heißen, daß es bei uns spuke, das fände sie ganz gräßlich, sagte Barbara, ob wir nicht lieber zur Polizei gehen sollten. Wenn es bei uns spuke, könne doch die Polizei nichts machen, sagte Anna, und warum wir nicht alle einfach davon erzählten, schließlich könnten wir nichts dafür und hätten auch nichts Schlechtes gemacht. Barbara sagte, das könne sie schon, aber wenn sie ihren Freundinnen erzählen würde, bei uns sei eine wildfremde Frau aus der Waschmaschine gekrochen, würden sie alle glauben, sie spinne. Deshalb, sagte meine Frau, sei sie ja dafür, sich zuerst jemandem anzuvertrauen, der beruflich schon mit derartigen Vorfällen in Kontakt gekommen sei. Der würde auf keinen Fall davon ausgehen, daß wir verrückt seien.

Ich sagte, lange könnten wir ohnehin nicht mehr geheim halten, daß bei uns ein Gast wohne, für Sonntag hätten sich ja Erikas Eltern angemeldet, und es sei nur eine Frage der Zeit, bis die aufmerksame Frau Jucker Wind davon bekomme, ich hätte mich heute schon beinahe verraten, als ich ihr erklären mußte, weshalb wir eine neue Waschmaschine anschafften, und am Wochenende sei ihr Mann zurück, also könnten es von mir aus alle erzählen, wem sie wollten, ich meinerseits sei allerdings immer weniger darauf erpicht, mich mit jemandem auszusprechen, und wüßte auch noch nicht, was wir meinen Schwiegereltern sagen sollten.

Darauf rief meine Frau ihren Studienkollegen an, der so interessiert an der Geschichte war, daß er seinen Besuch für den morgigen Nachmittag ankündigte. Was er denn dazu gemeint habe, wollten meine Töchter wissen. So etwas sei ein ganz seltener Fall, sagte meine Frau. »Nicht möglich!« kicherte Barbara, und Anna sagte, das hätte sie auch ohne ihn gemerkt. Dann zogen sie sich zurück, um Musik zu hören und Aufgaben zu machen, Barbara wagte wieder, in ihrem angestammten Zimmer zu schlafen, und ich wollte die Nacht unten verbringen. Erika stöberte in ihrer Bibliothek nach Kommentaren von C. G. Jung zu parapsychologischen Phänomenen, und ich nahm meine Zeichnung mit Sha Muns Sonne mit hinauf, heftete sie an meine Pin-Wand und las als Ergänzung zu meinem Artikel noch einen kürzlich erschienenen Derrida-Vortrag mit dem Titel »Eine gewisse unmögliche Möglichkeit, vom Ereignis zu sprechen«, blieb aber schon bald in der bekannten Umständlichkeit seiner Formulierungen stecken, als er vom »Ja« zu sprechen begann, das man zum Ereignis sagen solle. Ich fragte mich, ob er oder irgendein anderer Philosoph wirklich Ja sagen könnte zu dem Ereignis, das uns gerade heimsuchte. Je länger ich darüber nachdachte, desto richtiger fand ich es, daß sich meine Frau an einen Parapsychologen gewandt hatte, und ich blickte seiner Reaktion mit Spannung entgegen. Bevor wir zu Bett gingen, fragte mich meine Frau, ob ich nicht einen Schnaps aus der Hausbar holen könne, und zusammen tranken wir aus unsern kleinen Gläsern, die ich zweimal füllte, und weder sie noch ich wußten etwas zu sagen.

Als ich in der Nacht einmal aufstehen mußte, um auf die Toilette zu gehen, hörte ich es aus dem Gästezimmer ganz leise summen, diese Melodie, die sich um den einen Ton drehte, als suche sie ihn immer wieder, ohne ihn wirklich zu finden.

Am nächsten Morgen, nachdem meine Frau und die Töchter gegangen waren, saß ich noch einen Moment mit Sha Mun in der Küche. Dann stand ich auf und wollte die Kerze, die wir immer anzünden, wenn wir am Tisch sitzen, löschen, da hielt Sha Mun bittend ihre Hand auf meinen Arm. »Möchtest du sie brennen lassen?« fragte ich, und das wollte sie offensichtlich. Von unserer Wohnküche aus kann man einen kleinen Balkon betreten, und das hatte sie jetzt vor. Zuerst wollte ich sie daran hindern, dachte dann aber daran, daß wir gestern die Geheimhaltung aufgegeben hatten, und ließ sie gewähren. Sie nahm die leere Corn Flakes-Schachtel vom Tisch und legte sie auf den Boden des Balkons. Dann holte sie einige Gefäße mit getrockneten Küchenkräutern vom Gewürzregal, kniete sich auf dem Balkon nieder, roch an jedem davon, bevor sie den gelochten Verteildeckel mit dem Fingernagel abklaubte und den ganzen Inhalt auf den Karton leerte. Die Düfte von Basilikum, Rosmarin, Petersilie und Thymian waren bis in die Küche zu riechen. Dann nahm sie aus der Tasche ihres Kleides, das immer noch dasselbe war, eine Hand-

180

voll Papierschnitzel und streute sie auf das Gewürz-
häufchen. Ich konnte erkennen, daß es ihr Bild von der
schwarzen Sonne war, welches sie in kleine Streifen zer-
rissen hatte. »Sha Mun!« rief ich, denn es schmerzte
mich, daß sie die Zeichnung zerstört hatte. Als sie mich
anblickte, fragte ich sie: »Tsa merjäd ko-o jalsap?« Sie
nickte, leerte einen Ring von schwarzem Pfeffer um
Kräuter und Schnipsel, nahm dann die brennende Kerze
und neigte sie vorsichtig zum Häufchen, das sogleich
Feuer fing. Während sie die Melodie summte, die ich
kannte, ging sie mit kleinen Schritten einmal um das
Feuer herum, das sich bald in den Karton hineinfraß,
und während der grüne Kellogg's-Hahn mit dem roten
Kamm langsam verschmorte, entströmten den Gewür-
zen erstaunlich intensive, fast betörende Düfte.

Sha Mun hatte sich nun hingekniet, hatte aufgehört zu summen und wartete offensichtlich, bis sich
der Rauch verflüchtigte. Die Kerze hatte sie neben sich
hingestellt, sie brannte noch. Als ich sie zurück in die Küche stellen wollte, legte sie wieder ihre Hand auf meinen Arm.

»Gut«, sagte ich schließlich, »wenn du etwas
brauchst, ich bin oben. Und paß auf mit der Kerze, ja?«

Ich ging nach oben, setzte mich an mein Notebook,
um meinen Artikel durchzulesen, brachte noch ein paar
Korrekturen an, öffnete dann mein Mail-Programm
und schickte ihn an die Redaktion. Wenn ein Artikel
weg ist, gönne ich mir immer einen Kaffee. Als ich in
die Küche kam, war die Balkontüre noch offen, und Sha
Mun kniete vor dem verlöschten Feuer und den schwarzen Kartonfetzen, die brennende Kerze neben sich.

181

»Alles in Ordnung?« fragte ich sie, und als sie nicht reagierte, fügte ich hinzu: »Sha Mun okay?« Nun glaubte ich ein feines Lächeln auf ihrem Gesicht zu sehen, aber sie wirkte abwesend.

Eine Nachbarin winkte mir zu, etwas erstaunt, wie mir schien, ich winkte ebenfalls und ging rasch in die Küche zurück. Ich halte mich für ziemlich unabhängig von der Meinung der Leute, trotzdem überlegte ich mir, was sie sich wohl denken mochte, als sie mich mit einer jungen Asiatin auf dem Küchenbalkon sah.

Das Kaffeekännchen keuchte und brodelte, ich schenkte mir eine Tasse ein, da klingelte es an der Wohnungstür. Ich zog die Küchentür hinter mir zu, bevor ich öffnete. Es war Frau Jucker, welche fragte, ob bei uns alles in Ordnung sei. Sie hätte den Rauch gerochen, sei dann vors Haus gegangen, um festzustellen, woher er käme, und hätte auf unserm Küchenbalkon eine fremde Frau vor einem Feuerchen gesehen. Das sei richtig, sagte ich, meine Frau nehme an einem psychologischen Symposium über unser Verhältnis zu fremden Kulturen teil, und wir seien bereit gewesen, eine Referentin einzuladen, wir hätten ganz vergessen, es ihr zu sagen. Woher denn die Dame komme, wollte sie wissen. Aus Zentralasien, sagte ich, irgendwo aus den Steppen Zentralasiens, da müsse sie meine Frau fragen. Sie trage ja, fuhr Frau Jucker fort, das Kleid, von dem wir einmal nicht gewußt hätten, wem es gehöre. Richtig, sagte ich, ganz richtig, sie hat damals etwas Gepäck vorausgeschickt, und wir wußten noch gar nicht recht, daß sie bei uns wohnen würde, aber die Verwirrung habe sich dann gelegt, doch ich sollte nun unbedingt noch einen

Artikel fertig schreiben, und ob sie daran denke, daß am Nachmittag die Waschmaschine ersetzt werde.

Aufatmend schloß ich die Wohnungstür. Ich wußte nicht, wann ich das letztemal ein solches Lügengespinst improvisiert hatte, jedenfalls war es ein kleiner Vorgeschmack darauf, was mich erwartete, wenn ich nicht die Wahrheit sagte. Zugleich merkte ich, daß es mir unmöglich gewesen wäre, ihr zu sagen, die Fremde sei genau so wie ihr Kleid aus der Waschmaschine gekommen, und das sei der Grund, warum wir diese ersetzten.

Es war mir nach diesem Gespräch nun doch etwas unangenehm, daß ich Sha Mun nicht dazu bewegen konnte, wieder in die Wohnung zu kommen. Aber sie mit Gewalt hineinzuzerren wäre wohl das beste Mittel gewesen, noch mehr Aufmerksamkeit auf unsern Balkon zu lenken, also gab ich meine Versuche auf und wollte ihr eine Schale der Suppe hinausreichen, die ich mir mittags zubereitete, doch sie lehnte ab und verharrte in ihrer Starre.

Am Nachmittag ging alles sehr schnell. Zuerst kam der Waschmaschinenmonteur mit einem Kollegen, montierte die alte Maschine ab und installierte die neue, erklärte mir ihre Funktionen, und während die beiden die gebrauchte Maschine in den Lieferwagen trugen, kam meine Frau mit dem Parapsychologen nach Hause, den sie am Bahnhof abgeholt hatte. Zu dritt gingen wir das Treppenhaus hoch, und ich erzählte, daß Sha Mun die ganze Zeit auf dem Balkon verbracht hatte. Wir traten in die Küche, und ich sah sofort, daß der Balkon leer war. »Oh«, sagte ich, »jetzt hat sie sich doch anders entschieden. War ja auch Zeit.« Ich stellte mich vor die Tür des Gästezimmers und horchte, aber es war weder ein Summen noch sonst etwas zu hören. »Sha Mun!« rief ich und klopfte, »Sha Mun, bist du da?«

Sha Mun war nicht da, ihr Zimmer war leer, nur ihr Geruch war noch da. Wir warteten, und ich dachte darüber nach, ob sie das Haus verlassen haben könnte, während ich mit den Monteuren im Keller war. Theoretisch wäre das möglich gewesen, und sie hätte dann auch wieder zurückkommen können, trotzdem schien es mir unwahrscheinlich.

Und sie kam auch nicht zurück. Ich zeigte meiner Frau und ihrem Kollegen die Reste des Räucheropfers auf dem Balkon und erzählte von der verbrannten Zeichnung. Plötzlich kam mir etwas in den Sinn. Ich rannte in den oberen Stock, riß die Tür meines Arbeitszimmers auf und war erleichtert. Meine Skizze, in welche sie ihre schwarze Sonne eingefügt hatte, war noch da. Es war das einzige, was von ihr blieb. Der Parapsychologe ließ sich alles nochmals erzählen, wir gingen mit ihm in die Waschküche hinunter, auch unsere Töchter erwiesen sich als gesprächsbereit, als sie nach Hause kamen, aber er konnte nicht mehr dazu sagen, als daß er so etwas noch nie gehört habe.

Meine Frau und die Töchter waren außerordentlich froh, daß es vorbei war, ich kochte für alle Spaghetti, und es wurde ein fröhlicher und ausgelassener Abend.

Die Folgen allerdings kann ich noch nicht recht abschätzen. Denn daß uns Sha Mun auf ebenso rätselhafte Weise verließ, wie sie zu uns kam, ändert nichts daran, daß sie während dreier Tage bei uns zu Gast war, und diese drei Tage haben das Leben von uns allen verändert.

Meine Frau hat sich deswegen in eine Therapie begeben und hat auch begonnen, sich mit Parapsychologie auseinanderzusetzen, Anna und Barbara hatten beide eine Weile Schlafstörungen, aber sie sind jung und werden das wohl, so meine Hoffnung, mit ihrem Erwachsenwerden verarbeiten. Allerdings, in die Waschküche geht niemand mehr von den dreien, das bleibt an mir hängen, an mir und der Haushalthilfe, der wir nichts von unserm Gast erzählt haben.

Und ich? Ich werde manchmal, mitten in der Arbeit, von etwas wie einer großen Abwesenheit ergriffen, und es ist mir, als röche ich den Duft des Räucheropfers, und den Duft Sha Muns und ihres dunklen Kleides mit den Goldborten und den lila Mäandern. Dann stehe ich auf, gehe zur Skizze mit der schwarzen Sonne, die immer noch an meiner Wand hängt, und lese halblaut den Satz, den ich mir darunter geheftet habe: »Tsa merjäd ko-o jalsap.« Und eine Melodie steigt mir in den Kopf, eine Melodie, die um einen einzigen Ton kreist.

Der Brief

Zürich, 24. 8. 2004

Lieber Heiner!

Erschrick nicht, aber ich schreibe Dir aus dem Zürcher Bezirksgefängnis. Gleich nach der entscheidenden Einvernahme durch die Untersuchungsrichterin versuchte ich Dich telefonisch zu erreichen, erhielt jedoch den Bescheid, Du treibst Dich auf Deiner Segelyacht im Mittelmeer herum und kämest frühestens Donnerstag abend kurz ins Büro. Da geht es Dir besser als mir. Ich bin seit heute, Dienstag nachmittag, in Untersuchungshaft und habe Dich als meinen Anwalt bezeichnet. Wir kennen uns ja seit der Schulzeit, und es gibt einen Punkt in meiner Geschichte, zu dem ich wirklich nur einen Freund ins Vertrauen ziehen möchte, da warte ich lieber zwei, drei Tage, als daß ich Böhni oder Großenbacher antanzen lasse. Ich hoffe natürlich, daß Du mich, wenn Du mich (spätestens) am Freitag besuchen kommst, hier herausholen kannst und ich am Wochenende wieder an der Arbeit bin. Sonja gibt meine Abwesenheit als starke Sommergrippe aus. Weil ich aber nun Zeit habe, und damit Du nicht unvorbereitet bist, möchte ich Dir erzählen, wie es dazu kam, daß ich plötzlich in diesem merkwürdigen Einzelzimmer sitze.

Es ist eine Reihe von derart blödsinnigen Zufällen, daß ich die Untersuchungsrichterin beinahe begreife, wenn sie mir das alles nicht glaubt. Aber eins nach dem andern.

Wie Du weißt – oder weißt Du das gar nicht? – bin ich als Pfarrer auch in der Ausbildung von Katecheten tätig (wobei es sich in der Mehrzahl um Katechetinnen handelt), und einen solchen Ausbildungsnachmittag hatte ich im Kirchgemeindehaus Uster hinter mir, als ich auf dem Bahnhof von Uster stand und auf die S-Bahn wartete. Die nächste fuhr in etwa 10 Minuten, und da ich – aber das weißt Du bestimmt – immer gerne in Bewegung bin, spazierte ich über den ganzen endlosen Perron bis zuvorderst, und als ich mich wieder umdrehen wollte, sah ich zwischen dem Schotter und dem Geleiseunkraut etwas Rotes leuchten.

Heute verfluche ich meine Neugier, die mich dazu verleitete, einen Schritt vom Bahnsteig hinunter in den Schotter zu tun und dieses kleine Ding, das zwischen zwei Steinen steckte, herauszuziehen. Es war ein Metallplättchen, vorne rot, hinten farblos, mit der weißen Aufschrift ZH, und darunter 87. Zwei Löcher darin zum Anschrauben und zuunterst, wo die rote Farbe aufhörte, eine 6-stellige Nummer, die ich inzwischen leider auswendig kann, 912628, das ganze Metallplättchen etwa 5 cm lang und 3 cm breit. Sagt Dir das etwas, alter Autofahrer und Hochseesegler? Es ist eine Velonummer, die wir Proletarier, die wir uns noch von Zeit zu Zeit auf zwei Rädern fortbewegen, jedes Jahr neu lösen müssen. Wenn Du bei einer Kontrolle ohne erwischt wirst, zahlst Du eine Buße, und vor allem hast Du ohne diese Nummer keine Haftpflichtversicherung, falls Du einmal einen Fußgänger zuschanden fährst. Bloß: Seit ich weiß nicht genau wann, aber mindestens

10 oder sogar 15 Jahren klebt man nur noch ein Plastikzettelchen mit der entsprechenden Jahrzahl und Nummer hinten an den Gepäckträger, so man einen hat, oder sonst irgendwo unter den Sattel auf den Rahmen.

Dieses Nummernschildchen stellte also bereits eine kleine Rarität dar, etwas, das z. B. meinen Kindern schon nicht mehr vertraut ist, und da 87 das Geburtsjahr unserer Sophie ist, dachte ich, daß ich damit irgendeinmal ein Geschenk für sie schmücken könnte, vielleicht an ihrem Achtzehnten nächstes Jahr, und behielt es. Ein Fehler, wie sich später herausstellen sollte. Ich reinigte das Metall mit einem Papiertaschentuch und machte dann den nächsten Fehler.

Da ich meine Familie gern überrasche, steckte ich die Nummer nicht einfach in die Jackentasche, wo, wie ich von mir weiß, die Gefahr groß ist, daß ich sie vergesse und daß sie Sonja findet, wenn sie mir den Anzug zum Auslüften auf den Balkon hängt (das tut sie!), sie tadelt mich sowieso für alles, was ich in den Jackentaschen aufbewahre, die Agenda, den Kamm, Streichhölzer, Hochzeits- und Beerdigungsprogramme, es beule den Anzug aus, sagt sie. Also wohin mit dem Schildchen, damit ich zu Hause noch daran denke? In meine Brieftasche.

Nun sah ich den Zug kommen, ging eilends zur ersten der wartenden Menschentrauben und stellte mich zum Einsteigen an. Da es zwischen 5 und 6 Uhr war, hatte es ziemlich viele Leute. Ich geriet zwischen drei spanisch sprechende Männer mit Plastiktragtaschen, die sich vordrängten, um einer Frau, die schon im Zug stand, die Taschen hineinzureichen. Als ich drin war, rief die Frau »No, no, no!« und stieg mit den Männern, die alle eine Tasche packten, im letzten Moment wieder aus, und der Zug setzte sich in Bewegung. »Aha«, dachte ich, »genau so werden Diebstähle organisiert.« Ich lächelte über meine Klugheit, dann machte ich einen kleinen Kontrollgriff in meine Jacke und merkte, was Du schon ahnst: meine Brieftasche war weg. Mein Handy hatte ich allerdings in der Mappe, ich rief sofort die Polizei an, schilderte den Hergang und das Diebesquartett und hinterließ meine Nummer.

Meine Dienste als Denunziant waren überaus brauchbar. Noch während ich zu Hause damit beschäftigt war, meine Kreditkarte und meine Bankkarten zu sperren, rief die Polizei an, die Diebe seien gefaßt, meine Brieftasche sei sichergestellt, und ich könne sie ab sofort auf dem Posten in Uster abholen. Ob es möglich wäre, daß ich sie zugeschickt bekäme, fragte ich. Nein, leider nicht, man bitte mich, selbst vorbeizukommen und mich entsprechend auszuweisen. Am nächsten Morgen hatte ich eine Abdankung, und am Nachmittag Konfirmationsunterricht, also meldete ich mich für den übernächsten Vormittag an. Auch das ein Fehler, wie ich heute weiß. Sollte Dich je die Polizei anrufen, lieber Heiner, damit Du etwas Gestohlenes zurückholst, geh sofort hin und lasse ihnen keine Zeit, in Deinen Dingen zu schnüffeln!

Nun, ich treffe also auf dem Posten ein, lege meinen Paß vor und gebe nochmals eine kurze Schilderung des Diebstahls. Man zeigt mir die Fotos der vier, und ich bestätige, daß sie es waren, die mich beraubten, vor allem die Frau erkannte ich einwandfrei wieder. Der diensttuende Polizist, ein grauhaariger, ruhiger Mann, bittet mich darum, Aussehen und Inhalt der Brieftasche zu schildern, ich tue das zu seiner Zufriedenheit, bis auf einen Punkt.

»War da nicht noch etwas?« fragt er mich.

»Nicht daß ich wüßte«, sage ich.

»Denken Sie gut nach«, sagt er, »es ist vielleicht etwas, das nicht unbedingt in eine Brieftasche gehört.«

»Ach«, sage ich, »Sie meinen die alte Velonummer?«

»Richtig«, sagt der Polizist lächelnd, zieht die Brieftasche aus der Schublade, öffnet sie, so daß die Nummer sichtbar wird, und will sie mir geben. Doch dann stutzt er einen Moment.

Ob das eine alte Nummer meines Fahrrads sei, fragt er mich.

Nein, sage ich, die hätte ich gefunden und mitgenommen.

Wo denn das? will er wissen, und ich erzähle ihm die Geschichte mit dem Fund so, wie sie sich zugetragen hatte.

Er möchte die Nummer für eine Nachforschung behalten, sagte er, meinetwegen, sagte ich, er dürfe sie auch behalten, so wichtig sei sie mir nicht, nein, ich bekäme sie wieder, wenn die Nachforschung abgeschlossen sei, sie würde mir diesmal sogar zugeschickt, sagte er freundlich, und nun mußte ich eine Quittung unterschreiben, daß ich ihm aus meiner Brieftasche folgenden Gegen-

stand aus meinem Besitz überlassen habe: 1 Fahrrad-
nummer ZH 87, 912628.

Das hätte ich wohl besser nicht getan, aber was
sollte ich machen? Ich fühlte mich zwar nicht als Besitzer dieser Nummer, sondern als Finder, vielleicht
hätte ich auf diesem Ausdruck beharren sollen, aber
sag mir selbst, hättest Du wegen so etwas Verdacht
geschöpft? Gut, Du vielleicht schon, Du rechnest in
Deinem Beruf immer mit dem Bösen und mit der Heim-
tücke im Menschen, während ich wohl eher dazu ten-
diere, seine guten Seiten zu sehen. Deshalb bin ich für
Fälle wie diesen auch nicht geeignet.

Du kannst Dir vorstellen, daß ich ziemlich überrascht war, als ich kurz darauf einen Anruf von der
Kantonspolizei Zürich bekam, in dem mich ein Herr
Grendelmeier bat, möglichst bald bei ihm vorbeizukommen, um ihm im Zusammenhang mit dem Nummernschild aus meinem Besitz ein paar Fragen zu beantworten. Wenn es mir lieber sei, käme er auch bei mir
vorbei.

Da ich nicht gerne die Polizei im Haus habe, ging
ich hin.

Grendelmeier, neben dem eine Assistentin an einem Computer saß, machte mich, nachdem er sich für
die Umstände entschuldigt hatte, als erstes darauf aufmerksam, daß es sich um eine polizeiliche Einvernahme handle, daß also alles, was ich sage, in einem Pro-
zeß verwendet werden könne, übrigens auch gegen
mich, oder so ähnlich. Ich hätte sogar das Recht auf
Aussageverweigerung. Zu letzterem bestehe für mich
überhaupt kein Grund, sagte ich, es gebe, was diese

Velonummer angehe, nicht das geringste zu verheimlichen, und als Pfarrer sollte ich eigentlich keine Prozeßdrohung nötig haben, um nicht zu lügen. Als ich wissen wollte, worum es denn eigentlich gehe, sagte er, es gehe um den Mordfall Caviezel im Jahre 1987. Ich glaubte mich verhört zu haben. Ein Mordfall? Was denn diese Nummer mit dem Mordfall zu tun habe, fragte ich.

Am 16. Juni 1987, sagte er, seien in einem Ferienhaus am Bachtel zwei Menschen erschossen worden, das Ehepaar Caviezel, und in der Nähe habe man damals ein als gestohlen gemeldetes Fahrrad gefunden, ohne Nummernschild, aber über den Versicherungsausweis kenne man die Nummer des Schildchens, und es handle sich zweifellos um dieses hier aus meiner Brieftasche, und er hob das Schildchen auf, das plötzlich zu einem corpus delicti geworden war. Da die Tat nie aufgeklärt worden sei, sei dieses Schild von großer Bedeutung, und er möchte mich deshalb einfach bitten, ihm nochmals genau zu sagen, wie ich zu dieser Nummer gekommen sei.

Ich erinnerte mich an diese Bluttat, die seinerzeit viel zu reden gegeben hatte, es handelte sich um ein recht angesehenes Paar, und es waren keine Feindschaften und Beziehungsgeschichten auszumachen gewesen.

So verstand ich das Interesse der Fahndung an meinem Fund, und während die Assistentin laufend eintippte, was ich erzählte, gab ich also die ganze Geschichte nochmals zu Protokoll.

Ob ich allein am Ende des Perrons gewesen sei oder

ob vielleicht noch jemand dort gestanden habe, wollte Grendelmeier wissen.

Nein, sagte ich, ich sei allein gewesen, und merkte plötzlich, daß er nach Zeugen suchte, daß er mir offenbar nicht traute.

Ob ich 1987 auch schon als Pfarrer tätig gewesen sei, fragte er dann, was ich bejahte, und ich nannte ihm auch den Ort, nämlich Winterthur.

»Aha«, sagte er darauf bloß.

Und dann kam die Frage, die entscheidende Frage, die er aber ganz beiläufig stellte: »Sie wissen nicht zufällig, wo Sie am Abend des 16. Juni 1987 waren?«

»Nun hören Sie mal«, sagte ich, »Sie wollen mir doch nicht eine Beteiligung an einem Mord unterschieben, nur weil ich ein Velonümmerchen gefunden habe und es, statt es wegzuwerfen, mitnahm, da es den Jahrgang meiner Tochter trug?«

Es tue ihm leid, sagte Grendelmeier darauf, aber sie müßten eben jeder Spur nachgehen, vor allem da der Fall in drei Jahren verjährt sein werde und für sie jeder ungeklärte und ungesühnte Mord eine Belastung sei, nicht nur für die Polizei, fügte er hinzu, sondern für die ganze Gesellschaft.

Das bestritt ich nicht, und ich sagte ihm, wofür ich mir heute die Zunge abbeißen könnte, aber ich sagte es aus der Empörung des Gerechten, der plötzlich in einen völlig ungerechtfertigten Verdacht gerät, ich sagte ihm also, wo ich an einem x-beliebigen Tag vor siebzehn Jahren gewesen sei, könne ich so wenig aus dem Stand heraus sagen wie er, aber da ich alle meine Agenden aufbewahre, werde es mir ein leichtes sein, das festzustellen. Ich würde zu Hause nachsehen und ihn dann anrufen.

Besser wäre es, sagte Grendelmeier, ich würde nochmals vorbeikommen, damit sie meine Aussage richtig protokollieren könnten, oder wenn ich es vorzöge, könne er mich auch gleich nach Hause begleiten.

Das lehnte ich ab, ich ging nach Hause, holte auf dem Dachboden die alten Agenden, die ich aufbewahre, ich weiß eigentlich gar nicht, warum, ein Sammlerherz hab ich halt, die erste Agenda hab ich mir als Zehnjähriger angeschafft, in die mußten sich alle Menschen, die ich kannte, an ihrem Geburtstag eintragen, und selbstverständlich war auch diejenige von 1987 da. Als ich sie öffnete und das Juni-Datum suchte, erschrak ich. Schon wieder hatte ich einen Fehler gemacht, einen, der siebzehn Jahre zurück lag. »18 h C.« stand da, mit Bleistift geschrieben.

Und nun erzähle ich Dir das, was ich nur einem Freund erzählen kann, das, weswegen ich drei Tage auf Dich warte, statt mir einen andern Rechtsbeistand zu besorgen.

Ich hatte damals eine Liebesgeschichte mit einer andern Frau, Cécile hieß sie und war Vikarin, heute ist sie Pfarrerin in einer großen Schweizer Stadt, ist verheiratet und hat eine Familie. Wir hatten uns an einem Drittweltwochenende im evangelischen Tagungszentrum Gwatt kennengelernt, und ich weiß nicht mehr, wie es kam, daß ich abends an ihrem Zimmer anklopfte und es nicht mehr verließ, aber das Feuer, das uns beide ergriff, war heftig, und wir trafen uns vielleicht ein knappes Jahr lang, bis wir merkten, daß es so nicht weitergehen konnte, und uns mit Schmerzen, aber in Einverständnis und Freundschaft trennten. Weder ihr damaliger Verlobter noch meine Frau hatten etwas von dieser Affäre erfahren.

Das Datum 16. Juni 87 erhält insofern eine besondere Note, als am 13. Juni unsere Sophie zur Welt kam und Sonja damals noch im Spital war. Dieser mein Treuebruch war von einer Schamlosigkeit, die ich nur damit erklären kann, daß ich von dieser Liebe vollständig überrollt wurde und mich in keiner Weise unter Kontrolle hatte.

Nun starrte ich auf dieses C in meiner alten Agenda, das für jeden Ermittler in einem solchen Fall eine heiße Spur darstellen mußte. Es kam mir auch in den Sinn, daß ich Caviezel sogar einmal gesehen hatte. Er war Synodaler und hatte an einer Synode, bei der ich Zuschauer war, die Aktivitäten des linken Kirchenflügels kritisiert, welchem ich auch angehörte und welcher eine Stellungnahme der Kirche zu politischen Fragen verlangte, etwa zur Apartheid in Südafrika und deren Unterstützung durch die Schweizer Banken oder zur ganzen Umweltproblematik, Waldsterben, Atomenergie usw.

Ich begann mir auszumalen, was es bedeuten würde, wenn ich Cécile um eine Bestätigung bitten müßte, daß sie dieses C war, und daß ich den Abend und die Nacht mit ihr verbracht hatte. Bestimmt wäre das für sie schlimm, aber für mich und Sonja wäre es eine Katastrophe. Und für die Kinder! Stell Dir das vor: Sie erfahren, daß ich, Pfarrer, Vater und Ehemann, die Geburt meiner ersten Tochter dazu ausgenützt habe, mit einer andern Frau zu schlafen … Ich war verwirrt und wußte keinen Rat. Sonja, die ich sonst gerne um ihre Meinung frage, wenn ich irgendwo nicht weiter weiß, konnte ich nicht einbeziehen. Ich überlegte mir, was Grendelmeier davon halten müßte, wenn ich behauptete, ich hätte die Agenda nicht mehr gefunden. Da es um einen Mord ging, könnte er mit einem Hausdurchsuchungsbefehl anrücken, und auch Sonja würde dann nicht verstehen, warum mir ausgerechnet diese Agenda abhanden gekommen sein sollte. Alle Agenden verschwinden lassen? Nachdem ich mich bei Grendelmeier damit gerühmt hatte? Und wie? Sollte ich schnell zur Kehrichtverbrennung fahren? Zu auffällig. Daß ich die Abmachung überhaupt eingeschrieben hatte, war mir heute kaum verständlich, es mußte mit der unbändigen Freude zusammenhängen, die ich darüber empfunden hatte, mich mit einer andern Frau zu treffen, einer Art Triumphgefühl darüber, gegen die Konventionen zu verstoßen. Den Eintrag ausradieren? Ich schaute ihn an, er war mit Bleistift geschrieben, vorsichtig, dünn, und ich hatte so geschrieben, daß ich wenn nötig radieren könnte. Das war die Lösung. Ich nahm mir von meinem Schreibtisch einen Bleistiftgummi und begann sehr sorgfältig, mein Rendez-vous vom 16. Juni 87 wegzuradieren. Als die Tür ging, erschrak ich und fuhr mit dem Gummi so stark über das Papier, daß dieses einen Knick bekam. Es war Sophie, die mich fragte, ob sie mir bei ihrem Französisch-Aufsatz helfen könne. Ich sagte ihr, daß ich gleich noch zu einem Termin müsse, daß ich aber nach dem Nachtessen Zeit hätte. Als sie das Zimmer murrend verlassen hatte, schaute ich mir die Bescherung an. Es war mir nicht gelungen, die verhängnisvolle Abmachung zur Gänze unsichtbar zu machen, zudem ging nun ein Falz über die Seite, der einzige in einer sonst tadellosen Agenda, es war offensichtlich, daß genau in dieser Juniwoche und genau am fraglichen Datum etwas manipuliert worden war.

Ab dann ging alles wie im Traum.

Ich schloß mich in der Toilette ein, nahm alle Seiten aus dem Einband heraus, zerriß sie in kleine Stücke und spülte sie hinunter. Den Einband wagte ich nicht die Röhre hinunter zu schicken, aus Angst vor einer Verstopfung. Dann ging ich aus dem Haus, nahm das Tram, fuhr zum Hauptbahnhof, stieg dort aus, warf den Einband, den ich in einen Sprüngli-Papiersack gesteckt hatte, in einen Abfallkorb und ging von dort ins Büro der Kantonspolizei.

Dort gab ich zu Protokoll, ich hätte leider die Agenda des Jahres 1987 nicht mehr gefunden, nähme aber an, daß ich den Abend des 16. Juni zu Hause verbracht und die Geburtsanzeigen meiner Tochter adressiert habe, die drei Tage zuvor zur Welt gekommen sei. Da meine Frau noch im Spital gewesen war, konnte ich keine Zeugen nennen.

Als ich soweit war, trat ein Polizist ein und übergab Grendelmeier die Papiertüte mit der Agenda zusammen mit einem Zettel.

»Trifft es zu«, fragte mich Grendelmeier, und nun wurde sein Ausdruck streng und offiziell, »daß Sie diesen Agenda-Einband vor einer halben Stunde in einen Abfallkorb am Hauptbahnhof geworfen haben?«

Ich hatte den Ernst der Lage unterschätzt – man hatte mich also observiert.

Ja, sagte ich, das sei so, und zwar hätte ich private Gründe dafür gehabt, die nichts, aber auch gar nichts mit dem Mord zu tun gehabt hätten.

Und nun sag mir nicht nur, was ich hätte tun sollen und was nicht, das weiß ich selbst, ich glaube, ich habe so ziemlich alles falsch gemacht, was man falsch machen konnte, sondern sag mir, was ich jetzt tun soll. Soll ich Cécile um eine Bestätigung unserer damaligen Liebesnacht bitten? Aber zählt eine solche Aussage als Alibi, wenn wir nicht von Dritten gesehen wurden? Zählt sie nämlich nicht, will ich auf keinen Fall schlafende Hunde wecken. Und was ist denn an der Geschichte mit dem Nummernschild so verdächtig? Brauche ich überhaupt ein Alibi, da ich zu den Ermordeten nicht die geringste persönliche Beziehung hatte? Da könnten sie genau so von allen, die mit Caviezel an jener Synode waren, ein Alibi für den 16. Juni 1987 verlangen. Das Dumme ist natürlich das mit der Agenda, zum Glück wissen sie wenigstens nicht, was ich wegradieren wollte, aber, das habe ich nachher auch der Untersuchungsrichterin klarzumachen versucht, die den Haftbefehl wegen Kollusionsgefahr ausstellte, die Agenda habe ich einzig und allein aus privaten Gründen vernichtet. Wenn man mir das glaubt, ohne daß ich ins Detail gehen muß, bin ich zwar entlastet, was den Mord betrifft, aber ich stehe mit Sonja vor einem Scherbenhaufen, denn sie wird wissen wollen, was das für private Gründe waren. Und die Kinder, kann ich denen wie-

199

der in die Augen schauen? Und der Gemeinde? Und meinen Konfirmanden? Wie lang dauert es überhaupt, bis die Polizei ein Communiqué herausgibt, wenn sie jemanden in Untersuchungshaft genommen hat, oder das Gericht, oder wie geht das? Wie lang kann eine solche Sommergrippe dauern? Egal wie lang, am Schluß wird wohl ans Licht kommen: Es gab Gründe, mich im Zusammenhang mit einem Mord zu verhaften, und das genügt, um einen Ruf zu ruinieren, und erst noch einen als Pfarrer, semper aliquid haeret, haben wir doch beim alten Rambass gelernt, erinnerst Du Dich? Und diesen Brief, der niemanden etwas angeht als Dich und mich, kann ich den abschicken, ohne daß er gelesen wird? Oder soll ich auf unser Gespräch warten? Aber hört da nicht auch ein Beamter mit? Lauter Fragen, ich bin ja derart naiv.

Gerne würde ich zu Gott beten, aber ich habe Gott nie als meinen persönlichen Bekannten angesehen, der in mein Schicksal eingreift, sondern als die große ethische Instanz, an der wir unser Tun zu messen haben, und vor dieser Instanz mache ich zur Zeit keine gute Figur.

Ich wäre Dir sehr dankbar, lieber Heiner, wenn Du am Freitag so bald als möglich zu mir kommen könntest, wirklich!

Herzlich grüßt Dich
Walter

P. S. Sollte sich herausstellen, daß der Brief gelesen würde, werde ich ihn nicht absenden, sondern Sonja bitten, Dich herzuschicken.

P. S. 2 Vergiß P. S. 1, da Du ja in diesem Fall den Brief sowieso nicht bekommst – ich glaube, jetzt muß ich Schluß machen.

Die Überraschung

Es ist jetzt lange genug her, daß ich diese Geschichte, die ich bis heute nicht verstehe, erlebt habe, und ich glaube, ich darf sie erzählen.

Seit langer Zeit war ich wieder einmal für ein paar Tage in Paris. Diese Stadt ist mir auf eine eigenartige Weise fremd und vertraut zugleich, fremd, weil ich sie sehr selten besucht habe, vertraut, weil ich sie aus der Literatur, aus den Chansons, aus den Filmen oder aus den Erzählungen anderer Menschen kenne. Namen wie Montmartre, Champs-Élysées, La Bastille, Jardin du Luxembourg oder Île de France haben für mich einen ähnlichen Klang wie derjenige berühmter Berggipfel, von denen man weiß, daß sie irgendwo im Dunst des Alpenpanoramas liegen, aber persönlich bestiegen haben muß man sie nicht.

Paris ist mir also vertraut, ohne daß ich es wirklich kenne, ich kann dort spazierengehen und mich auf einem wunderschönen Platz auf eine Bank setzen und denken, hier könnte ich ein ganzes Buch lesen, so wohl ist mir, und dann erst merke ich, daß ich vor der Sorbonne sitze. Paris, das ist vor allem die Überraschung, daß es den Jardin du Luxembourg tatsächlich gibt und daß er nicht eine Erfindung Rilkes ist.

Die Kathedrale Notre-Dame de Paris – wann habe ich sie das letztemal gesehen – habe ich sie überhaupt schon einmal wirklich gesehen, nicht nur auf Ansichtskarten, und diese skurrilen Vogelmenschen, mit denen ihre Türme und Galerien bestückt sind, war ich schon einmal in ihrer Nähe? Ich kann es ebenso wenig mit Gewißheit sagen, wie ob ich schon einmal auf dem Eiffelturm war oder ob ich Leonardos Mona Lisa im Louvre leibhaftig gegenübergestanden habe.

Als ich an jenem Augusttag zu den Türmen der Notre-Dame hochschaute und sah, daß auf der Verbindungsgalerie zwischen den Türmen Menschen hin und her gingen, hatte ich jedenfalls große Lust, mich unter diese Menschen zu mischen und den steinernen Fabelwesen dort oben in die Augen zu sehen. Nichtsahnend folgte ich den Schildern, die einen zur Besteigung der Türme wiesen, und erschrak dann über die Länge der Warteschlange, die mir unendlich vorkam. Da ich aber für den folgenden Tag keine Pläne hatte, beschloß ich, am nächsten Morgen rechtzeitig vor der Öffnung der Pforten anzustehen, so wie ich es auch einmal für die Besichtigung des englischen Kronschatzes getan hatte.

Der Entschluß war gut. Als ich mich zwanzig Minuten vor der Türöffnung anstellte, waren erst ein paar Deutsche da, und fünf Minuten später reihten sich hinter mir die ersten Japaner ein, nachdem sie sich gegenseitig auf den Bistrostühlen des Cafés auf der andern Straßenseite in den steil einfallenden Morgensonnenstrahlen fotografiert hatten.

Ich war also bei der ersten Gruppe, welche die steilen Treppen zu den Türmen und zum großen Glockengestühl hinaufstieg, und sah mir dann die Vogelmenschen des Phantasten aus dem vorletzten Jahrhundert an, wie sie auf die Stadt hinunterschauen, als hätten sie

sich das alles ausgedacht und als könnten sie den Anblick jederzeit widerrufen.

Der höchste erreichbare Punkt befindet sich auf dem
zweiten Turm, und als ich die enge Wendeltreppe hochstieg, bemerkte ich erstaunt, daß ich offenbar doch nicht
bei den ersten war, denn es kam bereits jemand hinunter.

Ein Mann war es, eine unangenehm kantige Erscheinung. Er musterte mich, als sei ich ein Straßenräuber
und er dazu berufen, das Gelände von ebensolchen zu
säubern, und hinter ihm stieg klappernd eine Dame
hinunter, von der ich zuerst nur die Füße in den Schuhen mit hohen Absätzen und dann die schönen Beine
sah. Ihr Kopf war noch nicht in meinem Blickfeld, als
ihr einer Fuß auf einer der ausgetretenen speckigen
Steinstufen leicht einknickte und sie mir mit einem leisen Ausruf entgegenstolperte.

Ich konnte gar nicht anders, als sie auffangen, und
spürte einen Moment lang ihren Körper an meinem,
und es war eine angenehme Überraschung, auf die sogleich eine noch angenehmere folgte. Nicht nur, daß
sie sich dem Druck meiner Arme überließ, sie drückte
ihrerseits ihren Körper aufs heftigste an meinen, klam-
merte einen Arm um meinen Rücken, hielt mit dem andern meinen Kopf von hinten, sagte leise zu mir »Thank
you, dear« und drückte ihre leicht geöffneten Lippen
auf meinen Mund, ließ mich für eine Sekunde ihre Zunge spüren, löste sich dann von mir und ging mit dem
Ruf »I'm o.k.!« ihrem Begleiter nach, indem sie mir aus
ihren blauen Augen einen schelmischen, unglaublich
lebensfrohen Blick zuwarf. Ihr Duft blieb in der Wen-

deltreppe hängen wie die Sehnsucht nach dem Leben selbst, und ihre Erscheinung war mir ebenso bekannt vorgekommen wie alles in Paris, aber ich fand keinen Namen für sie.

Erst als ich am nächsten Morgen die Bilder der tödlich verunglückten Prinzessin Diana sah, wußte ich, wer mich am letzten Tag ihres Lebens so leidenschaftlich umarmt hatte.